일본산고

日本散考

일본산고

역사를 부정하는 일본에게 미래는 없다

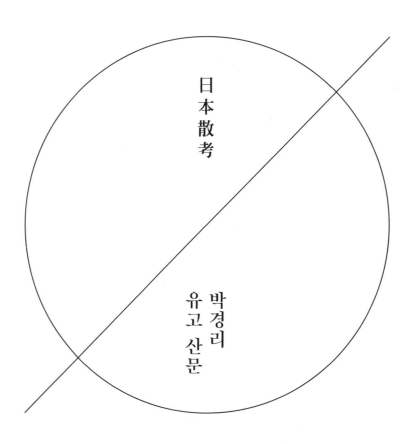

日本散考

박경리
유고산문

다산책방

차
례

"일본인에겐 예(禮)를 차리지 말라"

『일본산고』 출간에 부쳐

'역사'는 익숙한 것이면서도 낯설다. '역사'는 기억 저편에 존재하는 것이면서, 교육과 교양, 계몽과 학습의 도구로 가장 빈번히 호출되는 대상이기도 하다. 그것은 누군가에 의해 선택적으로 호명되고, 가공된다. '여기 지금' 호출된 '역사'는 과거의 기억이 아니라 현재적 의미를 가진 그 무엇이 된다. 이제 '역사'는 누군가에겐 치명적인 무기가 되기도 하고, 누군가에겐 위로가 되기도 한다. '역사'는 단순한 과거의 기록이 아니라 그것이 실린 여러 매체, 그리고 역사가·소설가·출판 편집자·정치인 등 다양한 유저(user)의 필요에 의해 새로이 구성된 과거이다.

"일본인에게 예(禮)를 차리지 말라"란 다소 도발적인 발언은 작가 박경리가 일본 지식인 다나카 아키라와의 논쟁에서 사용한 표현이다. 사실 이 논쟁은 처음부터 일정한 기획 속에서 진행된 것도 아니었고 청탁에 의해 이루어진 것도 아니었다. 작가 박경리가 한국 잡지에 실린 "다나카 씨"의 「한국인의 '통속민족주의'에 실망합니다」란 글을 읽고 자발적 투고를 한 것이다. "실은 너절한 다나카 씨 글에 대하여 귀중한 시간을 쪼개가며 반박 같은 것을 하고 싶"지는 않았으나, "독자 중에 그의 글을 두고 날카롭게 썼다는 말들을 하는 사람들이 있다기에 그냥 넘길 수가 없었다"는 것이 박경리가 밝힌 투고의 변이었다. 30여 년 전의 논쟁이지만 지금 읽어보아도 조금도 어색하지 않다. 아니, 오히려 작금의 한일 관계를 예견하고 우리에게 전하는 메시지처럼 들린다.

1926년 출생한 박경리는 만 20세까지의 시간을 온전히 일제강점기 속에서 지내야 했다. 어쩌면 박경리에게 일본은 천형(天刑)과 같은 존재였을지도 모른다. 작가의 원체험과 그것에서 비롯된 역사 인식은 역사소설 『토지』를 잉태한다. 『토지』는 구한말에서 1945년 해방까지의 시공간을 배경으로 하고 있다. 『토지』 속에 등장하는 무수한 인물들의 부침과 민족 담론의 양상, 일본의 식민 지배 전략과 한일 문화 비교론, 지식인들의 숱한 논쟁은 바로 그 결과물이다.

이 책은 생전에 작가가 일본에 관해 썼던 글을 모은 것이다. 하지만 여기서 펼쳐지는 그의 발언은 단순히 한국과 일본 두 나라의 이해와 갈등에만 국한하는 것은 아니다. 작가의 시선은 가해자와 피해자라는 이분법의 논리를 넘어 인간에 대한 예의, 생명에 대한 존중과 같은 인류 보편의 가치에 닿아 있음을 확인할 수 있다.

제1부 〈일본산고〉는 『토지』를 연재하면서 틈틈이 써두었던 글과 『토지』 완간 이후에 본격적인 '일본론'의 기획 아래 썼던 미발표 원고를 모은 것이다. 역사소설 『토지』가 갖는 여러 의미 중의 하나는, 『토지』는 곧 '소설로 쓴 일본론'이라는 것이다. 작가는 『토지』 외에도 기회가 될 때마다 강연 자리와 여러 지면을 통해 '일본'과 '일본인' '일본 문화'에 대한 작가의 생각을 펼쳐 보였다. 제2부에 실린 글들은 『생명의 아픔』 『문학을 사랑하는 젊은이들에게』 등에 실린 글 중에서 '일본' 관련 글들을 추려 모은 것이다.

작가는 일본 평론가와의 인터뷰 자리에서도 "나는 철두철미 반일 작가입니다"라고 말하곤 하였다. 작가의 이러한 발언을 과거 피식민인으로서 느끼는 감정적인 대응이라고 볼 수는 없을 것이다. 오히려 여기에 실린 글들은 작가의 성장기 체험과 서재에 켜켜이 쌓여 있는 일본 관련 자료들을 바탕으로 쓰인 글이다. 독자들은 이 글들을 통해 '일본'이라는 객관적인 대상에 대한 작가의 분명하고도 명쾌한 분석과 통찰을 엿볼 수 있을 것이다.

제3부는 1990년 《신동아》 지면을 통해 일본의 역사학자 다나카 아키라와의 지상(紙上) 논쟁을 옮긴 것이다. 이 논쟁은 다나카 아키라의 「한국인의 '통속민족주의'에 실망합니다」란 글에 대해 박경리가 반론의 형식으로 글을 실으면서 촉발

되었다. 애당초 다나카 아키라의 글에는 '한국'의 소설가 '박경리'나 그의 작품 『토지』에 대한 언급은 한 마디도 등장하지 않는다. 하지만 박경리는 한 일본 지식인이 바라보는 한국과 한국인에 대한 시선이 얼마나 자의적인지에 대해 그 논리적인 비약과 왜곡, 주장의 허구성을 조목조목 비판하고 있다.

마지막에 실린 「생명력 없는 일본 문화」는 1994년 『토지』 완간 기념 인터뷰를 녹취한 글이다. 인터뷰의 말미에서 『토지』 완간 이후의 계획을 묻는 기자의 질문에 박경리는, "앞으로는 실제적인 이론이 서는 일본론을 집필할 예정입니다. 우리 세대 지나면 쓸 사람이 없을 것 같다는 생각 때문입니다. 두 번 입 못 떼게 철저하게 조사해 쓸 겁니다. 어중간하게 칼 뽑지는 않을 겁니다"라고 말한다.

박경리에게 '일본론'을 집필한다는 것은 일종의 사명과 같은 것이었으며, 그 시대를 산 지식인으로서 스스로 짊어진 책임이었다. 일제강점기를 통과한 사람만이 할 수 있는 증언과 작가의 역사의식으로 직조한, 공동체에 전하고 싶은 '일본 사용 설명서'였던 셈이다.

작가의 육필원고를 살펴보면 〈일본산고〉라는 큰 제목 아래 각각의 소제목이 달려 있음을 확인할 수 있다. 여기에는 작가가 직접 '미완(未完)'으로 표시한 부분도 발견된다. 요컨대 박경리의 일본론은 완성태가 아니라 진행형이었던 셈이다. 그것은 비단 박경리에게만 해당하는 것은 아니다. 오늘의 우리에게도 여전히 한국과 일본의 역사문제는 진행형의 과

제다.

독도 영유권과 역사 교과서 왜곡, 일본군 위안부와 강제징용 배상 문제, 후쿠시마 오염수의 처리와 반복되는 양국 정치인들의 망언, 일본 사회의 전반적인 우경화 바람 등으로 작금의 한일 관계는 결코 정상적이라 할 수 없다. 도대체 왜 그럴까? 일련의 상황들을 어떻게 해석할 수 있을까? 그리고 우리는 이제 어떻게 대처해야 하는가?

이 책은 그러한 질문들에 답하기 위한 실마리와 그에 대한 해답을 담고 있다. 어쩌면 그것은 『토지』 이후, 작가 박경리가 보다 직접적으로 독자들에게 전하고 싶은 마지막 메시지였는지도 모른다.

2023년 4월

이승윤(인천대 교수, 문학평론가)

제1부

일본산고

1. 증오의 근원

　해방 후, 1950년 일본서 초판을 발행한 『세계문예사전 동양 편』을 보면 문예사조 항목에 무려 26페이지가 일본 문학을 위해 할애되어 있고 중국 문학이 12페이지, 인도 문학이 약 5페이지, 아라비아 페르샤 남방아세아가 각각 1페이지 안팎, 다음은 일본 주변 문학으로 묶었는데 아이누, 유구(류큐), 대만 순으로, 그중에서도 맨 끄트머리에 조선 문학(朝鮮文學)이라 하여 반 페이지를 쓰고 있다. 수록된 작품에서도 『춘향전(春香傳)』과 『구운몽(九雲夢)』을 간신히 찾을 수 있었지만 이퇴계의 이름 하나, 그들에게 협력했던 한국의 대표적 작가 이광수(李光洙)의 이름조차 눈에 띄질 않았다.

　책장에서 우연히 뽑은 책 한 권으로부터 비근한 예를 들어 본 것이지만 사실 이 같은 일쯤은 다반사요 사례로서 두드러지는 것도 아니며 일본에서는 대단치도 않은 일이다. 그리고 우리 민족문화를 홀대하는 일본의 처사가 어제오늘 시작된 것도 아니다. 신물 나게 겪어왔고 그 일에 대해서는 우리 거의가 불감증 상태다. 더러는 일본인 시각에 동조하여 당연하게 받아들이는 사람도 적지 않은 듯싶다.

사실 요즘 일본에 관하여 거론한다는 자체가 일부 참신한 지식인들 귀에는 사양의 만가(挽歌)쯤으로 들리는 모양이고 민족주의자의 촌스러운 몸짓으로 보이는 모양인데 그것은 과거 강자(強者)의 논리가 아직 건재해 있음을 의미한다.

그러나 친일의 비난이 함축된 과거 강자의 논리 운운을 참신한 일부 지식인들은 당연히 부정할 것이다. 제2차 세계대전 후 영토 개념이 없어졌다는, 지극히 피상적 생각에 젖은 일부에서는 일본에 대한 우려를 한낱 노파심이라 하며 비웃을 수 있고 지구촌으로 이행되는 추세, 세계주의를 바라보는 시야에서는 민족주의를 왜소하게 느낄 수도 있을 것이나 문제는 그러한 흐름에 편승하는 친일의 음흉함이며 일본에 대하여 그것이 선망이든 두려움의 기억이든 착각이나 환상일 수도 있고 혹은 일신의 처신을 위하여서든 그 심리적 빛깔이 여하튼 이른바 새로운 친일인사에게 민족주의의 극복, 세계주의 표방 같은 것은 빌려 입기에 그보다 지적이며 안성맞춤의 것이 달리 없을 것이다.

그러나 그런 일부 경향에 대한 얘기를 이 항에서 지금 하자는 것은 아니다. 우리 문화를 홀대했다 하여 감정적으로 따지자는 것도 아니다. 어떤 깨달음이라 해야 할까, 그것 때문에 붓을 들었고 이 미묘한 깨달음은 오랜 옛날 묻혀버린 시간의 수렁 속으로 나를 끌어들이는 것이었다.

아니, 깨달음이기보다 의혹의 연속이라 하는 것이 옳다. 왜냐하면 진실의 확신, 오랜 옛날 있음 직한 사건들, 시간에 묻혀버린 시체들이 어느 날 갑자기 일어나서 내 마음속에서 걸어 다니는 느낌이라 해야 할까.

요즘 젊은 세대는 일제와 우리의 내력을 관념적으로 받아들이고 있다. 경험자로부터 전달되는 간접경험은 그런 만큼 관념적일 수밖에 없을 것이다. 그러나 그럼에도 불구하고 일본에게 일방적으로 우리가 당해왔다는 것, 따라서 우리의 원한도 일방적일 수밖에 없고 의식 깊은 곳에 물려 있는 증오의 가시는 여간하여 뽑아내기 어렵다는, 이것이 세대를 불문하고 우리들 공통된 감정이며 인식이다. 한데 나는 언제부터인지 그들도 마찬가지로 우리에게 원한을 품고 있는 것을 느끼기 시작했다.

어쩌면 그들의 의식 깊은 곳의 원한이 더 오래이며 큰 것인지 모른다는 생각. 우리가 저들에게 피해 준 일이 없고, 값진 문화를 전수했으며 나라의 기틀을 잡아주었거늘, 원한을 가질 이유가 없지 않은가, 반문해 보지 않았던 것은 아니다.

잠재된 과거의 열등감이 우리 민족문화를 짓이기려 든다는 생각도 해보았다. 정복자의 속성이라는 꽤 관대한 생각도 해보았다. 그러나 그들의 집요함은 열등감의 발로나 정복자의 속성으로는 설명이 충분치 않았던 것이다.

한일회담의 주역들이 민족의 피 값으로 푼돈 얼마를 받아 내어 역사적 치욕을 창출해 낸, 그로부터 몇 해가 지나갔을까.

일본 수상 가이후 도시키[海部俊樹]가 파고다공원에 나타난 그날, 정신대(挺身隊)에 대한 항의와 사과하라는 피켓을 들고 외치는 여성들 모습을 TV 화면에서 본 일이 있다. 겨울바람 에 구르는 낙엽처럼 쓸쓸한 풍경이었다. 기왕지사 철판 깔고 온 가이후는 그렇다 치고 입이 마르게 애국애족을 외쳐온 지 도급 인사들은, 지도자로 자처하는 사람들은 그 풍경을 어떤 심회로 바라보았을까.

전국을 뒤흔들었던 성고문사건을 독자들은 기억할 것이 다. 당시 투쟁했던 사람, 성원을 아끼지 않았던 시민들, 그 분들은 또 어떤 가슴으로 바라보았을까? 펜을 들고 사는 소 위 작가라는 내 자신은? 한일합방을 늑대 이빨에 찢기는 양 의 비극으로 비유한다면 수많은 이 강산의 딸들이 일본 병 사의 화장실 역할을 했던 일은 무엇으로 비유해야 하는지, 침묵하는 이 땅 남성들에게 묻고 싶고 만일 저 아우슈비츠 (Auschwitz)의 참혹함보다는 낫다고 자위하는 리얼리스트가 있다면 우리는 인간임을 사양할밖에 도리가 없을 것이다.

한 사람 책임지는 자 없고 벌받은 자 없는 그들에게 푼돈 얻어낸, 청풍당상의 그야말로 더럽혀지지 않았던 양반들, 차 라리 그것은 희극이다. 혹자는 말하리라. 그 푼돈도 우리 발 전의 밑천이 되었노라고. 그러나 자[尺]로는 잴 수 없고 저울 로도 달 수 없는 가치도 있다. 그 가치로 인하여 우리는 인간인 것이다. 아무리 즉물적(卽物的) 세태라 해도 우리는 그 이상의 가치를 꿈꾸며 산다. 물질도 있어야 하고 계산도 해야 하지만 삶의 존귀함도 있어야 한다. 인간의 존엄, 문화의 본질, 인간다운 연유도 거기 있으니 말이다.

물질과 계산에 편중한 일본인들, 그들은 지난날을 잊은 듯 부담 없이 이 땅을 밟는다. 어디서든 흔히 마주치게 되는 일본인, 그러나 상투적인 그들 표면보다 내면에 숨겨졌을 서늘한 칼날이 왜 자꾸 가슴에 와 닿는 걸까. 일제 때 미신을 소탕한다 하여 무녀들을 잡아 가두었던 그네들이 한편으론 조선의 맥을 끊겠다고 봉우리마다 쇠기둥을 박았던 섬뜩한 그 일이 연상되면서 어찌하여 그들은 그토록 광란하지 않으면 안 되었을까. 그 광란의 뿌리는 무엇일까? 하기는 모순에 대하여 갈등을 느끼지 않는 순발력이 강한 민족이긴 하지만.『문예사전』의 경우도 결코 이성적이지는 못했다. 조선 문학에 대해서는 알려진 것이 없고 전공한 사람도 없었다, 할 수도 있을 것이지만 그들이 얼마나 많은 우리의 역사적 자료를 훑었는가, 철저하게 치밀하게 경의를 표할 만큼. 식민지 사관은 바로 그와 같은 그들 노력의 산물 아니었던가. 나는 결코 일본 주변 문학을 집필한 다케시타 가즈마[竹下數馬]라는 사람이 의도적으로 그랬을 것이라 생각지는 않는다. 설혹 출판사의 방침이었다 해도 그것엔 관심 없다. 모두 지엽적인 것이며 개인이나 출판사의 편견이기보다 일본 사회 전반에 걸쳐 오랜 세월 심어진 선험적인 것, 무의식 속에 깊이 박힌 것, 바로 그것에 문제가 있을 것 같다. 요인이 없으면 부인이나 시인은 성립되지 않는다. 일본은 아이누, 유구, 대만에 대해서는 부인할 필요를 느끼지 않았을 것이다. 적어도 조상(祖上)에 관한 한, 민족 원류에 관해서 그들은 부인한다. 한국의 원류를 부인하면서 한국의 모든 것을 부인한다. 집요하게 광적으로.

어떤 우연한 좌석에서 중앙대학교에 계시는 유인호 교수가 말씀하시기를 "옛날 지독한 반체제(反體制)가 일본으로 건너갔나 보다." 모두들 웃었지만 나는 내심 놀랐다. 피로 점철된 그들의 역사, 잔인무도한 그들 행적을 보며 한반도에서 추방된 흉악한 죄인들이 그들 조상인가 보다 하고 뇌까린 적이 있었기 때문이다. 또 생각하기를 도대체 그 아득한 옛날 어떤 부류의 한민족이 일본열도로 건너갔을까? 식민(植民)의 경우도 그러하지만 자고로 넉넉한 사람이 내 땅 버리고 떠날리 없고 사연 없이 떠날 리 없다. 하물며 거센 파도에 일엽편주(一葉片舟)를 띄우고, 영원한 이별이 쉬운 일은 아니었을 것이다.

일본 인종에 대하여 일본 사서에는 결론이 없다. 이노우에 기요시[井上淸] 저서 『일본의 역사』에서 인종에 관한 것을 발췌해 보면—조몬 토기시대[繩文土器時代], 일본 인종의 원형이 형성되었을 거로 보고 있고 후에 한국에서 높은 야요이식 토기문화[彌生式土器文化]가 들어와 지배했는데 신래(新來) 인종이 조몬 시대인[繩文時代人]을 멸망시켰는지 혼혈이 되어 인종적 특성이 말살되었는지 그러나 조몬 시대인에게 흡수되었으리라는 것이 일본 인류학자들의 통설이라 한다. 그러면 조 몬 시대인과 구석기 시대인은 인종적으로 연속된 것인가, 그 것은 의문으로 남겨놨고, 만약에 일본열도가 대륙의 일부였 다면 조선해협(대한해협)이나 중국 남부 어딘가에서 육교를 통 하여 대륙과 연결이 되었을 것이며 일본어의 경우, 친족 관계 의 가능성이 있는 것은 오직 한국어뿐, 친족으로 가정한다면 공통의 조어(祖語)에서 갈라진 시기는 언어연대학(言語年代學) 으로 추정해서 조몬 시대 중기 이전일 것이다.

대강 이상인데 진보적 학자로 알고 있는 이노우에 씨에게 서도 역사의 애매한 부분에 서둘러 의문표로 마감하는 것을 느낄 수 있었다. 공통의 조어에 관해서는, 그 근거가 확실해 지면 야요이 시대[彌生時代] 훨씬 이전부터 한반도 인종이 그 곳에 있었다는 얘기가 되고 일본열도 역시 대륙에 연결된 것 으로 가정한다면 지리적으로 한반도가 보다 가까운데 먼 중 국 남부를 들먹일 필요는 없다. 사실 요즘 분분한 역사적 확 신을 일본은 애써 묵살하고 있다. 한낱 속설로 내버려 두고 있는 것이다.

솔직히 말해서 일본은 도래인이라 표현하는 한족(韓族)이 그들 지배계급을 형성했던 것을 부정하고 싶은 것이 그들의 심정일 것이며 가능하다면 일본 인종을 일본열도 고유의 인 종이기를 바라는 것이 본심일 것이다. 사족 같은 얘기지만, 사족이기보다 필자의 감성적인 것이라 해야 옳고 이 방면에 연구가 깊은 분들께 다소 켕기는 구석이 없지도 않지만 가령

'구다라[百濟, 백제]'는 하강(下降)한다는 일본말의 '구다루'를 연상하게 되고 구다루는 그들의 '아마노다카하라(天の高原)'를 연상하게 한다. '아마노이와토(天の岩戶)'는 또 어디인가 환상의 섬 이어도를 연상하게 한다. 일본의 '신악동작(神樂動作)'에 아지메[阿知女]라는 말이 있다.

유래는 아마테라스[天照]가 흉악한 동생 스사노오[素戔嗚]를 피하며 아마노이와토[天岩戶]에 숨었을 때 아메노우즈메[天細女]가 아마테라스를 달래기 위해 춤을 춘 데서 비롯된다. 과연 아지메는 춤동작의 명칭일까? 그보다 아메노우즈메의 별칭으로 그녀는 일행 중 누군가의 아지메[淑母]일 수도 있고 성년여성 통칭인 아지메일 수도 있는 일 아닐까?「신대(神代)」에 나오는 신(神)들 이름도 그렇다. 아마테라스, 아메노우즈메, 아메노오시호미미[天忍穗耳], 아메노와카히코[天若日子], 이 밖에도 아마·아메[天]가 붙은 이름이 수월찮게 있다. 이들은 다카아마하라[高天原]에서 내려왔다 한다.

그러면 신라에서 망명한 왕자(王子) 아메노히보코[天日槍]는? 여기서 다카아마하라가 한반도와 무관하지 않으리라는 의문이 생긴다. 얼핏 듣기로 어느 학자께서도 그런 견해를 말했다 하는데, 이 밖에도 스사노오가 신라를 내왕하며 선재(船材)를 구해 왔다는 등 수염이 가슴팍까지 자라는 동안 모국을 그리워하며 통곡을 했다는 기록, 이런 역사의 파편들이 나를 사로잡고 그 당시의 풍경이 떠오른다. 무리를 짓고 바닷가를 우왕좌왕하는 추방자들의 모습, 바다를 바라보는 절망의 눈동자, 한숨과 눈물과 절규하는 모습들이 마치 영화의 한 신 (scene)처럼 클로즈업되어 다가온다. 망명자들, 소위 반체제 의 지도자들이 절치부심(切齒腐心), 권토중래(捲土重來)를 다짐 하며 웅어리진 유민(流民)들을 규합하는 광경이 떠오르기도 한다.

사정은 다르지만 우리는 지금 남북분단의 비극을 겪고 있 다. 해방 후 50년이 못 되는 세월인데 동족이 상쟁하지 않으 면 안 되었던 6·25동란을 겪었다. 물론 쌍방 간 힘의 구조에 길들여진 것이지만 동족 간에 패인 깊은 골, 강한 거부와 낯 섦, 우리가 통일을 초조하게 성급하게 서두는 마음도 영원히 이별하고 타민족이 될지 모른다는 두려움 때문이다.

지금에 와서 우리와 일본이 동족 어쩌고 하는 것도 실은 진 부한 얘기다. 역사 연구의 영역일 뿐, 터럭만큼의 동질감도 없는 마당에 감상에 젖을 필요는 없다. 서로 이해하게 되면 좋고, 다만 인류라는 자각으로 나를 다스려가며 앞으로 이 글 을 써나갈 생각이다.

2. 신국의 허상 I

    1890년대,『신국(神國) 일본』『영(靈)의 일본』등 일본에 관한 저술로 알려진 고이즈미 야쿠모[小泉八雲]는 희랍계 모친을 둔 영국인으로 그의 경력을 보면 신문기자, 번역가, 비평가, 그 밖에 진화론 신봉자이며 불교 연구도 하고. 일본으로 건너온 그는 고이즈미 세쓰코[小泉節子]와 결혼하여 귀화했는데 여러 방면의 교양을 쌓은 지식인, 특히 진화론을 신봉했다는 사람이 신국이라는 제목하에 글을 썼다면 역설적이거나 혹은 비판적인 내용으로 짐작하기 쉬울 것이다. 내 자신 그 책을 읽지 못했으니 왈가왈부할 자격도 없지만 처음 시마네[島根]현의 마쓰에[松江]시라는 작은 도시의 중학교 교사로 부임했던 그는 13년간 체류하면서 도쿄대학[東京帝大]과 와세다대학[早稻田大學]의 초빙강사가 되었고 죽은 후에는 종사위(從四位)의 추서가 있었던 것을 보면 그의 저술이 일본에 유익했던 것만은 틀림이 없다. 실은 학창시절 수필이었던지 뭐 그런 그의 글을 읽은 것 같기도 하지만 희미하고 다만 야쿠모가 일본을 세계에 소개하고 선전한 서양인이라는 점만은 확실하게 기억하고 있다. 일제 치하에 있었던 시절이라 감정적으로 결코 유쾌해질 수 없는 인물이었다.

야쿠모의 책자 제목을 인용할 것도 없이 신국은 귀에 못이 빅히게 들어온 용어다. 생각해 보면 일본만큼 하늘 천(天) 자와 영접할 신(神) 자를 애용하는 나라도 그리 흔하지 않을 것 같다. 연표만 뒤적여도 그런 글자는 수두룩하다. 왕의 이름도 그렇고 일반인의 성씨 지명 등, 거룩하고 덩치 큰 글자를 푸짐하게 쓰고 있다. 진무[神武], 오진[應神], 스진[崇神], 신공황후(神功皇后), 덴지[天智], 덴무[天武]라는 왕, 왕후 이름에서부터 아마다[天田], 아마노[天野], 고야마[神山], 가미오[神尾], 가미치카[神近]라는 성씨, 지명으로 떠오르는 것에 고베[神戸], 간다[神田], 아마기[天城], 아마쿠사[天草], 연호에도 덴쇼[天承], 덴지[天治], 덴로쿠[天祿], 신병(神兵)에서 군신(軍神), 신풍(神風), 신기(神器), 도처에 신궁(神宮)이 있고 신사(神社)가 있으며 하늘 천(天) 자를 쓰되 중국은 천자(天子)인 데 비하여 일본은 천황(天皇), 지상을 다스리기보다 하늘의 황제인 셈이다. 심지어 신자(神字)라는 말도 있는데 신대(神代)의 글자라는 뜻이겠다. 여기서 짚고 넘어갈 일이 하나 있지만, 뭐 대수로운 것은 아니다.

에도[江戸] 시대 후기, 국학자 사대인(四大人)의 한 사람으로 일컬어지는 히라타 아쓰타네[平田篤胤]는 시인이기도 한 사람인데 그 당시 일본 존중의 열풍이 대단했다. 그래 그랬겠지만 신대문자(神代文字)라고 그가 들고 나온 것이 놀랍게도 우리 한글과 흡사한 것이었다. 그는 말하기를 이것이야말로 신대문자로서 한국에까지 전달되어 언문(諺文, 한글)이 되었노라, 배꼽 잡고 웃을 주장을 한 것이다. 그쪽 학자들도 지나치게 황당한 일이라 그랬을 테지만 부당한 설이라 했고 도리어 신자(神字)는 언문의 와전이거나 혹은 언문에 시사를 받은 위작(僞作)일 거라 하여 흐지부지되고 다시 거론한 사람은 없는 모양이다.

얘기가 나온 김에 말에 관한 것도 한 가지, 메이지[明治] 말년에 가나자와 소사부로[金澤匠三郎]라는 학자가 『일한양국어동계론(日韓兩國語同系論)』이란 책을 내놨다. 그는 유구어(琉球語)와 일본어의 관계처럼 한국어도 일본어의 한 분파에 지나지 않는다고 강변했던 것이다. 물은 아래로 흐르기 마련이다. 문화도 물과 같아서 아래로 흐르기 마련이다. 언어 또한 문화의 산물인데 어찌 역류가 있을 수 있겠는가. 영역까지 곁들여 책을 내놓은 가나자와[金澤]의 저의는 재론의 여지도 없이 세계를 향한 선전이 목적이었던 것이다. 우리 민족을 꼴불견으로 만든 사람이 가나자와 혼자뿐일까마는 그동안 세계에서 우리의 위상이 어떠했던가 한번 돌아보자. 전갈의 독즙과도 같이 일본이 뿌려놓은 미개의 민족이다. 자립할 능력이 없는 민족이다. 옛날에는 우리의 속국이었고 후에는 중국의 속국이었다. 항변할 길조차 없이 일 세기에 가까운 세월을 업신여김과 소외를 견디고 제1차 세계대전 후 민족의 자결권에서도 따돌림을 당하며 우리는 역사의 뒤안길을 걸어왔다.

새삼스러운 얘기, 그야말로 지겹게 새삼스러운 얘기지만, 과거 일본의 역사학, 특히 국사학의 학자들은 황국사관을 공고히 하기 위하여 역사에 무수히 많은 땜질을 했고 또 많이 쏟아내고 했으며 한일합방을 성낭화하기 위해 수난과 방법을 가리지 않았던 것도 다 아는 일이거니와 그러나 안다는 그 자체는 무의미한 일이었다. 사실이 이렇고 저렇고 해봐야 소용이 없고 학자의 양심 운운했다가는 바보가 된다. 쏟아내고 땜질하고 그 자체가 일본 학자 그들에게는 진리요 진실이요 바로 그것이 지고선(至高善)이기 때문이다.

생각해 보면 개인의 사고를 그토록 붙들어 맨 일본의 국가 권력은 놀랍다. 그것도 장구하게 유지해 왔다는 것이 더욱 놀랍고 유례없는 일이다. 그러나 바로 그러했기 때문에 기능과 세기(細技)가 우수하면서도 일본은 항상 남의 틀과 본을 훔쳐 오거나 얻어 와서 갈고 닦고 할밖에 없었다. 본과 틀이 없는 나라, 그들의 정치 이념은 창조의 활력이 위축된 민족을 만들었던 것이다. 오늘이라고 다를 것이 없다. 날조된 역사 교과서는 여전히 피해받은 국가에서 논란의 대상이 되어 있고 고래심줄 같은 몰염치는 그것을 시정하지 않은 채 뻗치고 있는 것이다. 가는 시냇물처럼 이어져 온 일본의 맑은 줄기, 선병질적이리만큼 맑은 양심의 인사(人士), 학자들이 소리를 내어

보지만 날이 갈수록 작아지는 목소리, 반대로 높아져 가고 있는 우익의 고함은 우리의 근심이며 공포다. 일본의 장래를 위해서도 비극이다. 아닌 것을 그렇다 하고 분명한 것을 아니라 하는 것처럼 무서운 것은 없다. 그 무서운 것이 차츰 부풀어 거대해질 때 우리가, 인류가, 누구보다 일본인 자신이 환란을 겪게 될 것이다.

씨가 마르게 사내들이 죽어간 제2차 세계대전, 일본의 악몽은 사람이 현인신(現人神)으로 존재하는 거짓의 그 황도주의 때문이다. 가타비라[1]같이 속이 비어 있는 신국사상에 매달려 온 일본인의 역사의식 그것의 극복을 바라는 마음 간절하다. 자유롭게 사고하는 사람으로, 야심 없는 이웃으로 마주 보기 위하여, 그리고 인류의 평화를 위하여.

일본인들 사상의 원형과 그 근거를 한자가 일본으로 건너간 시대적 배경에 두어보는 것도 한 방법인 것 같은 생각이 든다. 일본글자 히라가나와 가타카나는 헤이안조[平安朝] 시대 초기, 한문에 토를 달기 위해 만들어진 거니까 최초의 문자는 한자인데 우리나라의 사정은 일본과 다르다.

우리 민족이 한자를 만들었다는 설을 일소에 부친다 하더라도 뜻글, 다시 말하면 자연의 모방으로부터 시작된 글자는 샤머니즘과 결코 무관하지 않으리라는 생각에서 어떤 연대성을 느끼게 되고 어느 편에서, 누가 그것을 만들었던 간에,

---

1 가타비라[帷子]: 한 겹의 일본 옷, 유자(帷子).

또 한자의 성격상 일조일석에 되어진 것이 아니기 때문에 많은 사람들이 관여했을 것이 분명하다. 우리 민족은 그 같은 과정과 더불어 있어왔다는 점에서, 그 과정을 통하여 서서히 익숙해졌고 글자가 비록 지배층이나 특수층의 전용물이었다 하더라도 절도 있게 쓰여졌다는 점에서 일본과는 다르다.

외래문화를 받아들이는 데 정지(整地)가 미비했던 당시의 일본이 완성된 한자와 낯설게, 그리고 갑자기 마주했을 때 그 대응이 무절제하고 희화적 형태로 나타난 것은 어쩔 수 없는 일이지만 그러나 궤도 수정을 수없이 해야 하는 역사의 시간 속에서 섬이라는 국토의 특수성도 있었겠지만 궤도의 수정 없이 사다리꼴로 현재까지 진행된 데에 문제가 있는 것 같다.

『일본서기(日本書紀)』에는 스사노오[素戔嗚]가 아들과 함께 한일 간을 내왕하며 한서(漢書)를 가져왔느니, 임나(任那)의 소나갈질지(蘇那曷叱智)가, 또는 귀화한 신라의 왕자 아메노히보코[天日槍]가 가져왔느니, 그런 말들이 쓰여져 있는 모양인데 15대 왕 오진[應神] 때 백제의 아직기(阿直岐)가 처음 경전을 가져간 것이 정설이고 그 후 왕인(王仁)이 『논어』와 『천자문』을 가져가서 오진의 아들 우지노와키이라쓰코[菟道稚郎子]를 가르쳤다 한다. 그러나 문자는 보급이 안 되었던 모양이다. 30대 왕 비다쓰[敏達] 때, 고구려에서 보내오는 문서를 해독하는 사람은 오로지 왕진이(王辰爾) 한 사람뿐이었다는 것이며 40대 왕 덴무[天武]에 이르러 비로소 『고사기(古事記)』를 쓰기 시작하여 43대 왕 겐메이[元明] 무렵 완성했다는 기록이다. 대체로 이 무렵 한자가 정착되지 않았나 싶은데 그러나 앞서 말한 바와 같이 한자 구사가 허황하고, 물론 후세의 수정 가필(加筆)도 충분히 염두에 두고서 하는 말이지만 예를 하나 들어보면 아마테라스의 5대 손인 고왕진무(姑王神武)의 부친 이름이 히코나기사타케우가야후키아에즈노미코토[彦波瀲武草葺不合尊], 이 한없이 긴 이름은 마치 난쟁이가 땅이 꺼지게 큰 투구를 쓰고 시합하는 것 같아 다소는 익살스럽고 기이한 느낌이다. 본시 이름이 그렇게 길었는지 실재 인물인지 의심스러우나 음(音)에다가 뜻 없이 한자를 끼워 맞춘 본보기는 될 것이다. 하필이면 왜 그런 것을 예로 들었는가, 비웃기나 하자고 한 짓은 결코 아니다. 그 이름에서 오늘의 일본인 모습과 의식을 연상하기 때문이다. 앞서 언급한 히라타 아쓰타네와 가나자와 소사부로, 한 사람은 국학(國學)의 대가요 다른 한 사람은 대학의 교수로서 이른바 지성의 정상적 인물임에도 우리는 그들 모습에서 허황함과 왜말로 고케이[滑稽, 우스꽝스러움]를 느끼기 때문이다. 한자의 경우뿐만 아니라 이야기[神話]의 내용도 그렇다. 몸통에 비하여 투구가 크다는 점에서 같다.

일본 신도(神道)의 한 분파에서는 일본을 만국의 종주국이라 했고 후지산[富士山]은 지구를 진수(鎭守)한다는 과대망상, 그런 망상은 후일 세계 정복을 꿈꾸는 망상으로 발전했고 황도사상의 골수라 할 수 있는「신대 편(神代篇)」에는 도처에 그 모순이 노정되어 있다. 국토의 기원과 황실의 유래, 민족의 내력 등의 기록이지만 소재는 그 당시의 사람[神]과 사건, 사람이기보다 신과 사람의 혼돈이라 해야 할 것 같다. 이유는 다카아마하라[高天原]에서 내려온 스사노오가 여러 가지 신으로서의 흔적을 남기지만 돌연 신라에 가서 선재를 구해 온다는 기록이 나타남으로써 그가 인간임을 설명하는 대목이 있기 때문이다, 이것은 하나의 예에 지나지 않는다. 둘째는 구진이다. 그 구전은 태반이 이주자가 지니고 온 것이 분명하다. 『고사기』의 선록자(撰錄者)는 오노 야스마로[太安万侶]지만 암송자는 아레[阿禮]라는 여자로, 다카아마하라에서 내려온 아메노우즈메[天細女]의 후예라는 점에서 그것을 상상할 수 있다. 셋째는 한문에 실리어 온 설화나 고사(古事)에 관한 것이었을 것이다. 이런 것들이 왕권 확립을 위한 사업으로 도마에 올려졌을 것이다. 그렇다면 그런 것들이 어떻게 요리되었는가 상상하기 어렵지 않다. 그리고 덴무왕은 애초부터 구기(舊記)의 삭정(削定)을 의도하여 시작한 일이었고 말로는 제가(諸家)에 전해지는 구기(舊記, 구전(口傳)인 듯싶다)에 허위가 많았다 하지만 그것은 오히려 반대였을 것이다.

왕권 확립을 위하여 왕실 미화는 필수 조건이며 따라서 날조와 삭제, 표절은 불가피한 일이다. 신화란 어느 곳에서든 세월 따라서 삭제되고 날조하고 표절되는 속성을 지니고 있다. 해서 옛날 우리네 할머니들은 이야기는 거짓말이요 노래는 참말이라 했던 것이다. 어떤 민족이든 그 기원에 신화 없는 민족은 없다.

우리에게도 난생설화(卵生說話)가 있고 천지를 돌바늘로 기웠다는 전설이 있지만 초인적 초자연적 이야기를 믿고 나라의 기틀로 삼는 일은 오늘날 세계 어느 곳에도 없을 것이다.

「신대 편」의 현란한 드라마는 다음 회로 넘긴다.

3. 신국의 허상 Ⅱ

　『고사기』「신대 편」은 국토 기원에서 시작된다. 해월(海月) 같이 떠도는 국토를 수리 고정(固定)하라는 천신의 명을 받은 이자나기[伊邪那岐]와 이자나미[伊邪那美]가 하늘 부교(浮橋)에 서서 창으로 바다를 휘젓는데 그 창끝에서 떨어진 물방울이 섬으로 변한다. 섬으로 내려온 두 남녀 신은 부부의 연을 맺은 뒤, 섬과 바다를 낳고 산천과 목석(木石), 들판을 낳고 마지막에 화신을 낳다가 화상을 입은 이자나미는 죽게 된다. 망처(亡妻)를 그리워한 이자나기는 명부국으로 찾아가는데 이자나미를 바라보지 말라는 계율을 어겨 두 신 사이에 격렬한 싸움이 벌어진다. 그러나 다시는 처를 얻지 않겠다는 맹서를 하고 이자나기는 간신히 사지(死地)로부터 도망쳐 나온다.

　황천의 더러움을 씻기 위해 이자나기가 벗은 의복이 12신(神)으로 화성(化成)되고 마지막 두 눈을 씻었을 때 아마테라스[天照]와 쓰키요미[月讀]가 태어나고 코를 씻었을 때 스사노오[素戔鳴]가 태어난다. 해와 달과 바다의 삼신이 탄생한 셈이다. 바다를 다스리게 된 스사노오는 수염이 가슴팍까지 자라는 동안 모국을 그리워하여 밤낮없이 통곡을 하니 노한 이자나기는 다카아마하라[高天原]에서 아들을 쫓아낸다.

스사노오는 누이 아마테라스와 작별하기 위해 승천하지만 아마테라스는 동생에게 사심 있음을 알고 남장에 무장을 한 채 승천의 이유를 물은즉 스사노오는 사심 없음을 증명하기 위하여 우케[2]로 아이를 낳겠다 하며 아마노야스카와[天安河]를 사이에 두고 우케를 한다. 그 결과 아마테라스의 모노자네[物實]에 의해 오주(五柱)의 남신이 탄생하고 스사노오의 모노자네에 의해 삼주(三柱)의 여신이 탄생한다. 그러나 스사노오의 횡포로 아마테라스는 아마노이와토[天岩戸]에 숨어버리고 세상은 암흑천지가 된다.

8백만의 신들이 모여 숙의 끝에 아메노우즈메[天細女]가 미친 듯 춤을 추고 8백만 신들은 천지가 떠나갈 듯 웃어젖히는 바람에 아마테라스가 밖을 내다보는 순간 숨어 있던 다지카라오노카미[手力男神]가 아마테라스를 끌어내어 세상은 다시 밝아진다. 이 사건의 수습으로 신들이 결의하여 스사노오의 손톱 발톱을 다 뽑고 다카아마하라에서 추방한다. 추방된 그는 오게쓰[大氣都]에게 먹을 것을 청하게 되는데, 그녀는 코,

---

2   우케[有卦]: 기도, 서약.

입, 엉덩이로부터 음식을 꺼내어주어 화가 난 스사노오는 그녀를 죽인다. 죽은 오게쓰 몸에서 누에, 벼, 조, 팥, 보리, 콩이 나오는 것을 가미무스비[神産巣日]가 걷어 종자로 뿌렸으며 이즈모[出雲]로 건너간 스사노오는 머리와 꼬리가 여덟인 구렁이를 퇴치하여 구시나다히메[奇稻田]를 구하고 구렁이의 꼬리를 갈라서 아마노무라쿠모츠루기[天叢雲劍]라는 검을 꺼내어 아마테라스에게 바쳤으며 구시나다히메와 혼인하여 많은 신들을 낳는데 이 혈통이 이즈모 신화와 연결이 된다.

대강 이상이 다카아마하라의 이야기지만 신이라는 분식(粉飾)을 털어버리고 인간의 드라마로 회전시켜 보면, 어떤 기적도 신의 메시지도 없는 것을 새삼 깨닫게 된다. 그리고 다카아마하라가 어디냐는 문제에 부딪치게 된다. 하늘이 아닌 어느 곳, 그곳은 일본열도 밖에 있는 어느 육지, 다른 세상이란 얘기가 되겠고 가장 큰 역할을 한 스사노오는 흉악한 패륜아지만 한편 너무나 인간적이며 인간의 고뇌를 안은 운명의 한 사나이로서 시야 가득히 들어오게 된다. 그에 비하여 아마테라스는 폭풍의 사나이 뒷면에서 나부끼는 너울같이 서 있는 여인이다. 그녀는 해를 상징하고 있지만 해로 상징하게 된 내력에 대하여, 아마노이와토에 숨었을 적에 일식(日蝕)이 있었는지 모른다는 추측이 있고 또 다른 하나는 광명(光明)을 비추어 중생을 제도하는 부처 비로자나, 밀교(密敎)에서는 대일여래(大日如來), 그 부처가 도입되었을 것이란 얘기도 있다.

일본에 들어온 불교가 신도(神道)의 허약한 면을 보충해 온 것은 역사적 사실이며, 다시 말해서 양부신도(兩部神道)라 하여 신불(神佛) 습합(習合)이 체계화되면서 대일여래의 위상을 아마테라스에게 옮겨놨는지, 또는 대일여래를 송두리째 옮겨놨는지, 만일 이 설을 인정한다면 불교 전래 이전에 쓰여진 『고사기』의 부분 개작(改作)을 생각해 볼 수 있고 거의 행적이 나타나 있지 않는 쓰키요미[月讀]를 아마테라스와 스사노오 사이에 두게 된 것도 그간의 사정을 짐작하게 한다. 개작의 흔적이 또 있다. 개작이기보다 모작이라 해야 할지 이자나기가 망처를 찾아 명부로 가는 대목은 희랍신화의 오르페우스와 흡사하다. 그러면 여자인 아마테라스가 어찌하여 만세일계(万世一系)의 황실(皇室) 시조가 되었을까. 모계사회였기에 그랬을 것이란 설이 나올 수도 있지만 그보다는 샤머니즘의 수장(首長)으로 보는 견해가 옳을 것 같다. 남무(男巫)보다 상위에 있었던 당시 여무(女巫)의 사회적 지위를 생각할 때 그 가능성은 훨씬 짙어진다. 일본의 신도 자체가 비록 그 영적 부분은 소멸된 상태지만 형식 면에서는 분명한 샤머니즘이기 때문이다. 언제였던지 사진에서 본 기억이 나는데 만주(滿州)의 샤머니즘 신묘(神廟)에는 일본 신사에 있는 도리이[鳥居]가 있었다. 건축양식도 신사와 같았으며 그곳 샤먼들의 신도(神刀)며 신경(神鏡)은 일본의 삼종(三種)의 신기(神器)를 강하게 연상하게 했다.

아마테라스와 스사노오의 관계를 여사제(女司祭)와 한 남성의 세력 다툼으로도 보고 있지만 신에서 사람으로 격하해 보면 그들은 남매인 동시 연인이 된다. 이들 사이에서 낳은 자식이 이른바 천손(天孫)이기 때문이다. 『고사기』에는 서매(庶妹)와의 혼인이 흔하게 기록돼 있고 진무왕[神武王]의 비(妃) 이스케요리[伊須氣余理]는 남편이 죽은 뒤 서모(庶母)이기는 하지만 왕의 큰아들 다기시미미[當藝志美美]와 혼인했고, 그런가 하면 기나시노카루[輕太子]와 소토오리히메[衣通王], 이들 친남매간의 사랑과 혼인의 과정은 환희와 고통, 갈등 그 자체였으며 백성들은 그들에게서 등을 돌렸고 결국 이들은 비극적 자살로 끝장내는 것을 보면 인륜문제는 역시 강한 장애요소였던 것 같다.

그리고 또 하나, 아마테라스를 샤머니즘의 수장으로 본다면 범인과는 다른 존재에 부과된 엄한 금기가 있었을 것인즉 그것 역시 장애요소였을 것이다. 이 절대적 장애 앞에 스사노오가 아마테라스를 연모했다면 부친인 이자나기는 과연 어떤 조치를 취했을까. 바다를 다스리라는 것으로 되어 있지만 실상은 추방이 아니었을까? 그렇기 때문에 스사노오는 모국을 그리워하여 밤낮없이 통곡했을 것이다. 그리고 누이에게 작별을 고하기 위해 승천했다는 대목인데 이때부터 이자나기의 얘기는 없다. 이자나기는 세상을 떠난 것이 아닐까. 하여 스사노오는 돌아왔던 게 아닐까? 남장에 무장까지 하고 기다린 아마테라스의 불안, 그러나 서약이건 우케건 간에 스사노오는 이루었고 자식을 낳은 것은 사실이지만 완전한 사랑일 수는 없었을 것이며 그의 횡포는 고통의 표현이었는지 모른다.

손톱 발톱이 뽑히는 형벌을 받은 스사노오는 다시 추방되어 고난의 길을 걷는 것이 오게쓰[大氣都]에게 먹을 것을 구하는 데서 나타난다. 오게쓰가 코에서 입, 엉덩이에서 음식을 꺼내어주었다 하고 노한 스사노오가 그녀를 죽이니 그의 몸에서 온갖 종자가 나왔다는 얘기는 스사노오의 새로운 출발을 시사한다. 신천지에 내려선 그의 심기일전의 모습, 그는 종자를 구하려고 어딘가에 갔을 것이며 수모와 박대를 딛고 농경의 시대를 열었다고 풀이할 수도 있을 것 같다. 그것을 뒷받침하는 것이 아들과 함께 스사노오는 신라를 내왕하며 선재(船材)를 구해 왔다는 것, 백성들에게 식목(植木)을 가르쳤다는 그런 기록이다. 그럼에도 그는 이즈모에서 구렁이를 퇴치하고 얻은 칼을 아마테라스에게 바치고 있다. 왜 칼을 바쳤을까. 승복했기 때문일까 그리움 때문일까. 그의 가슴속에 여전히 그리움이 타고 있었던 것일까.

이즈모의 신화는 다카아마하라에 비하여 치졸하고 극적인 효과도 미약하다. 무대는 분명한 일본열도이며 일본 색채를 농후하게 띠고 있고 오오쿠니누시[大國主]가 주인공이다. 아름다운 야가미[八上]라는 여자에게 구혼하기 위해 형제들 80신(神)과 함께 오오쿠니누시가 길을 떠나는 것으로 이야기는 시작된다. 가는 도중 털이 뽑혀서 벌거숭이가 되어 울고 있는 토끼를 구해준 오오쿠니누시에게 토끼는 축복과 야가미를 얻을 수 있을 것을 예언한다. 과연 야가미는 오오쿠니누시를 선택하지만 구혼에 실패한 80신 형제들의 간계 때문에 오오쿠니누시는 두 번이나 죽음에 이르렀고 그때마다 미오야[御祖]와 가미무스비[神産巢日]에 의해 살아나지만 박해의 손길이 끊이지 않아 스사노오가 있는 네노구니[根國]로 달아난다. 그곳에서 스사노오의 딸 스세리비메[須勢理比賣]와 결혼한 오오쿠니누시는 칼과 궁시(弓矢)와 고도[琴]를 훔치고 아내를 동반하여 몰래 빠져나오는데 뒤쫓아온 스사노오는 요모쓰히라사카[黃泉比良坂]에 이르러 대국주(大國主)가 돼라! 하며 외친다. 오오쿠니누시는 가지고 온 칼과 궁시로 80신을 정벌하고 국토경영에 착수한다.

이 밖에 번다한 연애사건들이 전개되지만 무대는 다시 다카아마하라로 돌아가 돌연 아마테라스의 도요아시하라[豊葦原]의 미즈호[水穗]의 나라는 나의 아들 아메노오시호미미[天忍穗耳]가 다스려야 한다는 목소리가 울린다. 우여곡절, 그런 끝에 오오쿠니누시는 나라를 아마테라스의 자손에게 바침으로써 무혈혁명이 성사된다. 『고사기』의 중권(中卷)은 소위 제기(帝紀)로서 권력쟁탈과 왕들의 연애행각에 관한 것이 대부분이며 후일의 『겐지모노가타리[源氏物語]』와 맥을 같이하고 있으며 일본 문학을 관류하는 세계이기도 하다.

태양신인 아마테라스, 앞서도 말했지만 그에게서는 기적이나 메시지가 없었다. 현실의 실질적인 문제, 상속에 관한 주장이 있었을 뿐 약속, 계율 같은 것은 없었다. 현실적이요 실질적인 오늘의 일본을 생각해 보면 참으로 만세일계의 위력에는 전율을 느낄 지경이다. 그랬기 때문에 그들은 근대화에 남 먼저 편승할 수 있었고 오늘을 누리게 됐는지 모른다. 그러나 가장 유물적이며 현실적인 그들의 집열판(集熱板)이 신국(神國)이라는 것은 아이러니다. 신국이라는 우산 속에서 비리를 합리화해 온 그들의 역사, 삶의 방식은 그러나 제아무리 세계를 주름잡아도 그것은 닫혀진 세계며 정신적으로 봉쇄된 세계다. 봉쇄의 어휘에는 짙은 기만이 내재되어 있다. 일본에는 불교가 들어가면 빈 상자가 되어버린다. 유교가 들어가도 빈 상자가 되어버린다. 그들은 일본화라 하지만 일본화의 실체에 대해선 무심하다. 그러나 종교적 근거, 사상적 내용이 없는 신도(神道)에 대하여 그들 지도층이 갈팡질팡하는 것은 숨겨질 수 없는 일이다. 신불합일(神佛合一)이 있었는가 하면 신불분리(神佛分離)의 주장이 있었고 신유합일(神儒合一)이 있었는가 하면 신도(神道)를 독자적으로 종교와 도덕으로 통일하자, 그러나 그것도 엉성하니까 신사(神社)를 종교와 분리하여 조상숭배의 도덕적 부분만을 강조하는 식으로 하자, 그것은 신도의 붕괴를 의미하는 것이다. 그러나 천만에! 그런 것들은 깃발의 색깔로서 이리저리 변해왔지만 깃대인 대막대기는 여전히 튼튼하다.

그들이 추구하는 것은 종교나 도덕의 본질이 아니기 때문이다. 다만 그런 것들은 적시적소에 써먹는 도구에 불과하고 어떤 권력이든 도구화하려는 속성은 있게 마련이지만 일본처럼 철저한 경우는 드물 것이다. 일사불란하게 그런 그들에게 내세관이 희박한 것은 당연하다. 그들은 유한(有限)을 잘 소화시켜 온 민족이다. 유한은 인간의 숙명이지만 그러나 인간이기 때문에, 생명이 오는 곳 생명이 가는 곳, 그 한(恨) 때문에 사람은 유한 밖으로 나가려 몸부림치는 것이며 그 몸부림은 신의 축복인 창조의 능력으로 나타난다. 신의 축복이 없는 나라 일본, 역사상 한 번 기회가 있었다. 시마바라[島原]의 난으로까지 몰고 갔으나 섬멸되고 만 천주교도들, 답회령(踏繪令)으로 수없는 순교자를 냈던 그때, 아마테라스를 뛰어넘고 영혼의 구제로 향한 죽음들이 있었다.

우라시마 타로[浦島太郎]라는 일본의 설화, 생각이 난다. 어부 우라시마가 용궁에 가서 놀다가 상자 하나를 선물로 받아 뭍으로 돌아온다. 세상은 변했고 아는 얼굴 하나 없었고, 그는 바닷가에서 열어보지 말라는 상자를 연다. 순간 그는 백발의 노인이 된다. 일본은 백발을 두려워하는가. 그러나 백발이 될 사람은 소수이며 사고의 자유, 발랄한 창조의 생명은 무수하게 기다리고 있다. 그들은 빈 상자를 열어야 한다.

4. 동경까마귀

여유작작하다

사람 사는 언저리 아니면 못 사는 주제에

사람의 눈치쯤 아랑곳없이

정거장 둘레를 어슬렁거리다가도

지갑을 줍듯 먹이만 보면

스윽 달아난다.

장호(章湖) 시인의 시집 『동경까마귀』 속의 시 한 구절이다.

일본에는 까마귀가 많다고 한다. 소설이나 시[俳句]에도 까마귀는 곧잘 나타난다. 유행가, 동요, 심지어 자장가에도 심심찮게 등장하는 것을 보면 우리들처럼 혐오감으로 그 새를 대하지 않는 모양이고 그들 정서 속에 녹아들어 있는 듯 보인

다. 우리 민족의 정서를 은근과 멋이라고들 하지만 자연스럽고 그윽하고 점잖은 것으로 은근을 풀이할 수 있을 것 같고 멋은 댄디즘의 외형, 형식과는 다르게 정신적 사치스러움과 다소의 해학도 포함이 되어 있지 않나 싶은데 따라서 여유가 있고 낙천적이며 공간지향 동적(動的)인 데 비하여 쓸쓸하고 상심(傷心)의 뜻을 가진 와비[侘]와 쓸쓸하고 한적한 뜻의 사비[寂], 숙명적이며 허무한 모노노아와레[物の哀れ], 어의(語意)의 전달이 충분한지 모르겠으나 대체로 그렇게 집약되는 일본인들의 정서에는 짙은 우수와 허무주의가 깔려 있다. 그리고 감상주의의 소지이기도 하며 정적(靜的)이요 평면, 지상지향이라고나 할까. 그리고 어둡다. 해서 고목에 앉은 겨울 까마귀는 그들 정서의 근사치며 우리의 경쾌한 새타령과는 대조적이다.

> 그림장이 이중섭은 일본에서 돌아오는 길에
>
> 민둥산 붉은 흙을 비행기에서 내다보고서
>
> 눈물이 나더라고 말했지만
>
> (중략)
>
> 부산 영주동 까치집이 내다보이는 우리 집에 와서도 그랬고
>
> 정릉 골짜기 까치집이 있는 하숙집에서도 그랬듯이
>
> 까치만 쳐다보면 늘 그는 입을 반문이처럼 헤벌레하고 있었
>
> 것다.
>
> 　　　　　　　　「까마귀에 쫓겨 온 이중섭(李仲燮)」

까마귀와 까치의 대비는 민족과 민족 간의 숨 막히게 다른 뉘앙스를 느끼게 하지만 화가 이중섭의 개인적 고뇌, 민족적 슬픔, 내 산천에 대한 짙고 애틋한 애정이 느껴져 눈시울이 뜨거워진다. 일제하에서 살아본 사람이면 내 자신의 눈물 내 자신의 몸짓으로 착각하게 되는 구절이다.

> 일본 사람들이 내어놓고 울음보를 터뜨리는 일이 없는 것은
> 까마귀가 대신 다 울어줘서 그런 건 아닌지 몰라
> 관동대진재 45년의 패망 이후
> 일본 사람들이 늘 속이 거북하다는 것은
> 제대로 한번 울어본 적이 없어선지도 몰라
>
> 「까마귀에 쫓겨 온 이중섭(李仲燮)」

우리나라에서는 흔해빠진 그 통곡이 일본에서는 흔치가 않다. 일본의 문학작품 속에서 통곡이라는 말에 부딪치게 되면 아주 특이한 느낌을 받게 된다. 어딘지 모르게 고답적인 분위기를 자아내는 것이다. 땅을 치고 통곡하는 원초적이며 아무런 거리낌 없이 독무대 같은 모습의 우리네들 통곡과는 전혀 다른 이미지다. 분출되기보다 안으로, 안으로 밀어 넣으며 슬픔을 구속하는 느낌이 드는 것이다. 실상 그들의 통곡에는 소리가 없는 것으로 표현되기 일쑤이며 소리 없는 통곡, 그러니까 흐느낌과 비슷하고 오히려 나키사케부[3]가 우리네 통곡과 가깝지만 역시 통곡과 울부짖음은 다르고 통틀어

그들의 울음을 생각할 때 소리가 없는 것이 특징이며 또 별로 울지 않는다는 것이 그들에 대한 인상이다.

통곡이 없는 민족, 울지 않는 민족, 왜 울지 않을까? 슬픔도 마치 실루엣같이 소리가 없다. 너무나 정적이다. 본시부터 그러했을까? 그들이라고 울지 않을 리 없다. 그렇지는 않았을 것이다. 칼로 상징되는 그들의 역사 탓일 것이다. 사실 일본이 이웃에 끼친 피해의 규모가 크고 참혹함도 자심한 것이었지만 그들 스스로, 동족들 목줄기에 들이댄 칼의 세월이 훨씬 길다. 그리고 그 참혹함도 타민족에 대한 것에 못지않았다. 예를 하나 들자면 일본 정신을 의식화한 것 중에 하라키리[切腹]라는 게 있다. 나는 그것을 몬도카네[4]로 표현한 적이 있지만 일종의 사디즘과 마조히즘의 복합으로 보아도 과히 틀리지는 않으리라.

강요하는 사회적 분위기와 혹은 강자의 명령에 의해 이루어지는 그것은 한 개인의 고통을 극대화하는 장치로 볼 수 있다. 하라키리는 자기 고통의 하수인이 자기 자신이며 자신의 죽음을 바라보게 되는 잔인무도한 의식이다. 식순에 의해 이루어지는 현장은 또 얼마나 추악한가. 동맥을 끊는 목이 있고 심장도 있는데 왜 하필이면 복부인가. 생선 배 갈라 내장 꺼

---

3 나키사케부[泣き叫ぶ]: 울부짖다.
4 몬도카네(Mondo Cane): 기이한 행위. 세계 각지의 엽기적인 풍습을 소재로 한 이탈리아 영화 〈몬도카네〉(1962)에서 나온 말이다.

내는 것같이, 복부이기 때문에 절명(絶命)에는 시간이 걸리고 이른바 가이샤쿠[介錯]라 해서 칼을 들고 기다리고 있다가 배 가른 사람의 목을 쳐주는데 두 번 죽음이다. 자살은 일본에만 있는 것은 아니다. 용감한 사람만이 자살하는 것도 아니다. 흉악한 범죄자도 자살하고 천하의 독부(毒婦)도 자살하고 삶을 이길 수 없는 무력한 사람도 자살한다. 그러나 어떤 경우에도 고통이 적은 방법을 취하는 것이 본능이다. 추악하고 잔혹하고 야만적인 그 자살 방법에 일본은 그야말로 긴란[金欄], 돈수[緞子], 비단을 휘감아서 미화하고 일본 정신의 표본으로 자랑한다.

일본을 모르는 사람 중에도 뭐 그게 대단한 죽음의 철학인 양 현혹되어 있기도 하지만 그런 죽음을 강요하는 사회적 분위기는 체념과 마조히즘이 그 장본이다. 체념이라는 말에서 생각이 나는데 우리들에게는 체념이 그리 오래된 말은 아닌 성싶다. 어릴 적에 늘 낯설지 않게 들어온 말에는 포한, 한(恨)이라는 말이 있다. 그리고 체념이라는 말 대신 단념이라는 말이 있었다. 재미나는 것은 체념과 한과 단념 이 세 가지 말이 지닌 뜻과 그 뉘앙스다. 체념에는 최소한도의 타협이 있다. 운명에 순종하며 살아남으려는, 체념한 대상에서 방향을 바꾸려는 계산이 있다. 한은 소망을 이루지 못한 소망이 저애된 슬픔이다. 그러나 체념과는 다르며 소망을 연장해 본다.

자신의 미래를 향해, 자식을 향해 또 내세를 향해, 해서 포한은 풀어야 하는 것이다. 단념은 끊는 것이다. 타협이 아닌 끊어버리는 그 자체, 체념과 같은 타협이나 순종이 없다. 일본에는 아키라메[5]라는 순수한 일본말이 있고 그 말은 일상에서 흔히 쓰인다. 또 그 비슷한 말에 간넨[觀念]이 있는데 자신을 달래는 뜻이 포함된 아키라메와는 달리 외부 상황에 따라 어쩔 수 없이 각오를 하지 않으면 안 되는 것으로 스스로를 끊어버리는 단념과도 다소 다른 것이다. 이렇게 쓰고 보니까 포한이나 단념이 주체적이라면 아키라메나 간넨은 타의에 의한 것이다. 하라키리[切腹]는 간넨의 행위이며 그것이 바로 현실이다. 그들의 현실, 종교에 있어서 신(神)은 내세에 대한 약속을 한다. 일본의 신은 내세에 대한 약속이 없다. 신국(神國)의 대본신(大本神) 아마테라스도 현인신인 왕들도 내세에 대한 약속을 못 했다. 도요아시하라라는 일본국은 만세일계 아마테라스의 자손이 다스릴 것이란 말밖에, 아마테라스는 종교적 말씀이 없었다. 일본 역사에서 모노노아와레와 맥을 같이하는 허무적 내세관을 심어준 것은 불교다.

그러나 힘으로 형식으로 대부분 변질되었고 내세관은 가냘프게 연명한 것 같다. 그러나 가톨릭은 일본의 정신계를 뒤집어엎을 뻔했다. 순수하게 힘차게 하라키리와는 전혀 다른 순교를, 그러나 시마바라의 난에서 가톨릭은 철저히 분쇄되

5   아키라메[諦め]: 체념, 단념.

고 전멸했던 것이다. 일본에서는 단 한 번의 기회가 아니었나 싶다. 하여간 일본에서의 죽음이란 어둡고, 어둡고, 캄캄한 나락이다. 까마귀의 그 음산한 검은 빛깔과도 같이. 그리고 흑색에 치중하는 그들 문화의 편린이 잡힐 듯도 하다. 내가 일본을 생각할 때는 검은빛에서 시작된다.

5. 출구가 없는 것

　자살한 일본작가 아쿠타가와 류노스케[芥川龍之介]의 초기 작품 「라쇼몬(羅生門)」은 이래저래 유명해진 소설인데, 일본 문학의 특색을 논하기에 적합한 예의 하나로 꼽을 수 있을 것이다. 그리고 예술지상주의자요 대단한 기교파인 아쿠타가와가 자살까지 가게 되는 싻을 이미 간직했던 작품이기도 하다. 그의 호에는 아귀라는 것이 있다. 오니[鬼]로 발음되는 그 말의 뜻은 글자 그대로지만 우리말로 귀신이라 하기엔 적합하지 않고 도깨비라 할 수도 없는데 아귀라는 그의 호에서 예술지상주의에 투신할 것을 작심한 만만찮은 의기(意氣)를 엿볼 수 있다.

　그러나 닫혀진 세계였다. 예술지상을 노골적으로 표현한 작품에 「지옥변(地獄變)」이 있다. 소재(素材)의 특이성 때문에도 그랬겠지만 다분히 조작성이 눈에 띄는데 그 작품 얘기가 나오면서 자연히 떠오르게 되는 것은 내용이 비슷한 김동인 (金東仁)의 「광화사(狂畫師)」다. 「지옥변」의 표절인지 아닌지 그간의 사정은 알 길이 없지만 하여간 별로 기분 좋은 일은 아니다.

괴기와 탐미는 약간씩 다르다. 그러나 상통하는 점도 많다. 감각에 충격을 주는 면에서 그렇고 보편성과 휴머니티의 결여, 윤리 부재 또는 반도덕적인 것에서도 공통된다. 그리고 특이하지만 출구가 없는 것도 비슷하다. 그것은 총괄적인 인간의 삶 자체가 대상이라기보다 심층에 깔려 있는 인간성의 어느 부분의 의식을 끌어내어 그것을 대상으로 하기 때문이다. 일본 문학의 주류를 이루는 것이 바로 그 같은 특이한 세계인데 일본 민족의 특이성이기도 하다. 로맨티시즘과도 무관하지 않고, 이런 것들이 통속으로 떨어지면 괴기는 괴담(怪談)으로, 탐미는 외설(猥談)로, 로맨티시즘은 센티멘털리즘이 된다. 일본의 본격문학과 대중문학은 대체로 그 정도 차이로서 아주 소수를 제외하고 그 세계 밖에 나가면 바람을 타고 위축되어 버리는 것 같다. 적절한 예가 될지 모르지만 일본에서 많이 쓰이는 말 중에 '스고이[凄い]!'라는 것이 있다. 우리네의 굉장하다는 말과 같이 일종의 감탄사인데 크고 훌륭하다는 뜻의 굉장과 오싹하게 소름 끼친다는 뜻의 스고이, 일본도(日本刀)의 푸른 칼날의 번뜩임, 피가 뚝뚝 떨어지는 살덩어리.

그런 광경과 통하는, 오싹하게 소름 끼치는, 스고이의 뜻. 그 말 속에는 괴기와 악마적 탐미가 들어 있다.

아무튼 특이하다는 것은 보편적인 것에 비하여 편협하다는 의미와는 다르게 세계가 좁은 것은 사실이다. 일본 문학 중에 그 구성에 있어서 치밀하고, 뛰어난 묘사력, 세련된 문장 등 대단히 우수한 작품이 있으나 늘 주제가 약한 것을 느낀다. 그것은 일본 문화의 전반적인 경향이 아닌가 싶다.

추리소설가 에도가와 란포[江戶川亂步]의 작품세계에는 괴기와 탐미가 혼합되어 있다. 그러니까 그것은 추리소설이 아닐 수도 있다는 얘기다. 차라리 엽기소설이라 해야 하지 않을까 싶다. 에도가와의 몇몇 작품, 하도 오래되어서 제목은 생각나지 않지만 맹인이 미녀를 납치하여 감각의 세계에 탐닉하다가 극치 속에서 여자를 살해하는 것이 있었다.[6] 그 비정의 탐미를 에도가와는 사랑의 극치로 항변하고 있는데 여담이지만 일본인들의 특이한 것에 사랑과 치정이 별로 구별되지 않는 성향이 있는 것 같다. 탐미의 극치 속에서 여자를 살해하는 과정이 아쿠타가와의 「지옥변」에서는 간접적인 예술 행위로 나타난다. 지옥변의 평풍을 그리기 위하여 화염에 휩싸여 타 죽어가는 외동딸의 모습을 예술적 감흥, 황홀경에서 미친 듯 그림을 그려 처절한 작품을 완성했으나 노화사(老畫師)는 목을 매 죽는 것이 개요인데 괴기와 탐미에다 예술지상을 투영하고 있다. 「라쇼몬」은 괴기와 삶을 대비하고 있다. 대비한다기보다 괴기를 소도구(小道具), 배경으로 찌그러진 삶

6 에도가와 란포의 『음울한 짐승[陰獸]』(1928)을 가리킴. 1969년에 『눈먼 짐승[盲獸]』으로 개작하여 영화화되었다.

을 부각하고 있다.

삶을 부정적 시각, 혹은 악(惡)과 비정(非情)을 합리화하고 있다. 『곤자쿠모노가타리[今昔物語]』에서 소재를 얻은 「라쇼몬」은 흉년이 들어 황폐한 성내(城內)에서 갈 곳도 없고 아사(餓死)를 기다릴밖에 없는 머슴이 라쇼몬에서 엉기적거리는데 라쇼몬 누상(樓上)에 원숭이 같은 백발 노파의 괴이쩍은 행동을 본다. 노파는 쌓아 올린 시체의 머리칼을 뽑고 있었던 것이다. 하인이 노파를 쓰러뜨린즉 노파는 살기 위해, 하는 짓이라는 실토였다. 살기 위해서는 무슨 짓인들 못 하랴, 하인은 노파의 옷을 벗겨 들고 누상에서 뛰어내려 어디론가 사라진다는 대강의 줄거리다. 바로 이것은 일본의 모습인 것이다. 과거 침략을 자행했던 역사도 그렇지만 경제대국으로 팽창하고 있는 오늘에 있어서도 짙게 그 옷자락을 끌고 있는 것이다. 『곤자쿠모노가타리』에서 소재로 가져온 「라쇼몬」에서 나는 『삼국유사』의 「정수사구빙녀(正秀師救氷女)」를 떠올렸다.

눈은 쌓이고 날은 저물고 정수(正秀)가 삼랑사(三郎寺)에서 돌아오는 길, 천엄사(天嚴寺) 문밖을 지나는데 한 여자 거지가 애를 낳고 누워 있었다. 그냥 두게 되면 얼어 죽기 십상이라, 정수는 따뜻한 체온으로 여인을 안아주니 얼마 뒤 깨어났다. 정수는 옷을 벗어 덮어주고 알몸으로 뛰어서 본사(本寺)에 돌아와서 볏짚으로 몸을 덮고 밤을 지냈다.

중 정수가 벌거벗고 본사까지 달려가는 모습이 떠올라 빙녀의 비극보다 오히려 희극적 요소로 돋보이게 하는 글이었다.

아쿠타가와의 「라쇼몬」이나 「지옥변」은 출구가 없는 소설이다. 그리고 비극으로도 보이지 않게끔 작가의 눈은 차갑고 치밀하게 계산된 것이다. 예술지상에 몸 바친 화사(畵師)와도 같이, 예술지상주의자 아쿠타가와도 자살하지 않을 수 없었을 것이다. 사람은 아니 모든 생명은 태어난 이상 살아야 한다. 그러나 살기 위하여 모든 것이 허용되는 것은 아니다. 예술도 삶의 투쟁, 삶의 인식, 삶의 조화 그 모든 삶에 수반되는 엄청나게 거대하고 신묘한 본질적 삶의 교향악 위에서 군림하는 것은 결코 아니다. 예술은 삶의 추구며 방식이다.

어느 신문이었던가 일본인의 저축열에 대한 기사를 읽은 적이 있다. 우리나라에서도 저축에 관하여 포상하기도 했던 모양인데 그 기사를 읽은 느낌은 저금통장을 위하여 태어난 것 같았다. 사람은 결코 저금통장의 숫자를 위해 태어난 것은 아니며 살기 위해 태어났고 사는 데 필요하기 때문에 저금통장이 있는 것이다. 사람들은 왕왕 그런 착각에 빠지는 수가 있는 것 같다.

작년이던가 볼일이 있어 서울에 갔다가 TV에서 일본 프로그램을 시청한 적이 있었다. 짤막한 팔자눈썹에 꺼무꺼무한 큰 눈, 유자코에 입술이 두텁고 땀구멍이 송송 나 있는 초로의 남자 얼굴이 나타났다. 소위 나니와부시[浪花節]의 이야기꾼이었다. 우리 창(唱)에 비하여 노래 부분은 적었고 설명의 부분이 많았는데 내용을 듣자니까 효행의 소년 얘기였다. 병

든 홀어머니를 모시고 벌어서 사는데 오야카타[7]가 기특히 여겨 맛있는 것을 주면 먹지 않고 어머니에게 가져다준다는 둥, 명의에게 어머니의 치료를 부탁하고 싶지만 가난한 집에는 오질 않아 오야카타의 좋은 옷을 빌려 입고 계략을 꾸며서 명의를 집으로 데려온다는 둥, 그런 내용이었다. 동네 아낙들의 이웃 얘기쯤, 흔히 있는 일을 그것도 유치한 대사로 엮어나가는 것이, 참 먹고 할 일 없구나 생각을 했는데 놀라운 것은 흥행장 관중 속에 손수건을 꺼내어 눈물을 닦는 광경이었다. 경제사정이 좋아서도 그렇기도 하겠지만 상당히 세련된 모습의 중년 여인의 눈물 닦는 모습은 도대체 그들의 의식수준을 어느 만큼에서 선을 그어야 할지 당황해지는 것이었다. 물론 본시 평명통속(平明通俗)의 절조(節調)라 하더라도.

나는 1926년 일제시대에 태어났고 1945년 20세 때 일본은 이 땅에서 물러갔다. 그러나 일본어 일본 문학에 길들여진 나는 그 후에도 꽤 긴 세월 지식을 일본서적에서 얻은 것은 사실이다. 왜 이런 말이 필요한가 하면 오늘날 일본인들 60대가 가지는 기본적인 일본 문화에 대한 인식이 있다는 얘기며 내 자신이 공평함을 잃어서는 안 된다는 다짐 때문에 내 스스로 나를 점검해 본 것이다. 오히려 내 시각과 판단과 기준에 정직할 수 없는 흔들림조차 있다.

민족적 감정 때문에 사시(斜視)가 되어서는 결코 안 된다는

---

7 오야카타[親方]: 우두머리, 주인, 두목.

염려 때문이다. 그것은 내가 사시가 된다면 일본의 그 엄청난 사시에 대하여 논할 자격이 없어지기 때문이다. 각설하고 내가 열서너 살 때쯤이던가 통영에서 부산 가는 윤선 선실에서 들었던 가락, 그것이 무슨 창(唱)이었는지 전혀 알지 못하지만 그 기막힌 리듬과 창자를 끊는 것 같은 슬픈 울림과 통곡과 웃지 않을 수 없었던 사실은 똑똑히 기억한다.

초라한 초로의 사나이가 가야금을 타며 부르는 창이었다. 선객들로부터 얼마간의 돈을 받아 선표 값 제하고 며칠간의 식대를 위한 소위 거리의 광대였던 것이다. 전혀 아무것도 모르는 어린 가슴에 충격을 주었던 그것은 대체 무엇이었을까. 민족적 정서, 그 선험적인 것 때문이었을까? 그러나 전혀 기준이 없는 것은 아니다. 남의 것도 좋은 것은 좋고 내 것도 나쁜 것은 나쁘다. 좁은 테두리 속의 평이한 그 효행 소년의 얘기에서 『심청전』을 생각하면 우선 시계(視界)부터 탁 트인다. 새삼 장엄한 그 드라마를 인정하게 되는 것이다.

6. 일본인들의 오해, 우리의 착각

　15~16년쯤 지난 일인 것 같다. 사위가 옥살이할 무렵, 정릉 집에는 외국 기자들의 출입이 더러 있었다. 기억이 확실치 않지만 반소매 셔츠를 입었던 것으론, 여름이었을 것이다. 워싱턴포스트지의 늙수그레한 기자 한 분과 뉴욕타임스라고 했는지 잽싸게 뵈는 젊은 기자, 그 두 사람과 함께 온 사진기자는 일본인이었다.

　그때 집안 형편은 폐가나 다름없었다. 여러 가지 상황도 절박했지만 수리를 하다가 중단한 거실에는 뼈다귀처럼 시멘트벽돌이 드러나 있었고 시꺼멓고 무지무지하게 큰 쥐들이 대낮, 사람이 있는데도 그 벽을 타고 오르내리는 끔찍한 상태였다. 책은 이곳저곳 짐짝같이 쌓여 있었고 더러는 책장에 꽂혀 있기도 했다. 생각하고 싶지 않고 말하고 싶지도 않은 세월이다. 생각만 하면 가슴앓이가 시작되기 때문이다.

내 손주 원보가 아니었더라면 우리 모녀에게 그 시절은 죽은 시간이었을 것이며 어린 영혼의 빛 한 줄기가 오직 구원이었을 뿐이었다. 할머니가 원보를 키웠다기보다 원보가 할머니를 지켜주었다. 한승헌(韓勝憲) 변호사의 말은 지금도 잊지 못한다. 나는 아마도 그 고난의 내력을 끝내 얘기하지 못하고 갈 것이다. 얘기하지 못하고 묻어두어야 하는 현실과 사정을 생각할 때 지금도 분노에 몸을 떨며 잠을 이루지 못한다. 어째서 악(惡)은 아직도 벌받지 못하고 있는 걸까! 참으로 용서하기가 어렵구나! 아아, 이래서는 안 되지! 빨리 지난날 얘기를 끝내야겠다.

젊은 기자는 서두르며 사진기자에게 사진 찍기를 재촉했다. 낯선 사람들에게는 굼뜬 우리 성격 탓도 있었고 찾아준 손님에게 친절을 베풀 마음의 여유도 없었고, 자연 딱딱해진 표정을 풀지 못하는 우리의 처지를 이해한 듯 늙수그레한 기자는 서둘러대는 젊은 기자에게 약간 비난 섞인 시선을 보내다가 딱해하는 듯한 미소를 머금고 우리를 바라보곤 했다.

그랬는데 사진을 찍던 일본인 기자가 "아, 일본책이 있다!"

나직이 말한 것이었지만 그의 태도는 눈에 띄게 달라지는 것이었다. 뭐랄까 얕잡아 본다고나 할까, 선진문화국이란 자부심에서 오는 일본인 특유의 유치한 몸짓이 배어 나온 것이다. 그의 시선을 끈 것은 고단샤[講談社]에서 발행한 일본미술의 사진집이었으며 딸아이가 불교미술을 전공했기 때문에 불상에 관한 것 두 권이 있었던 것이다. 그것 말고도 쌓여진 책 더미 속에는 상당수의 일본책이 있었다. 정확하게 말하면 거의가 일본어로 번역이 된 외국책들이다. 나는 마음속으로 그에게 말했다.

'일본미술전집 첫 권 첫 페이지에 나와 있는 불상을 아는가. 그게 바로 우리 민족의 얼로써 제작된 광륭사(廣隆寺) 미륵반가사유상이다. 자네 나라의 국보 1호란 말일세. 왜 그리 성급하게 오해를 하는 겐가.'

재작년, 아니 1988년이니까 그보다 더 되는데 전화가 걸려왔다. 일본의 평론하는 아무, 아문데 만날 수 있겠느냐는 내용의 전화였다. 다 같이 문학하는 처지, 못 만날 이유가 없고 좋다고 했는데 며칠 후 다시 전화가 걸려왔다. 언제쯤 찾아가는 게 좋겠느냐는 상대방 얘기였다. 항상 집에 있으니까 내일이라도 상관없다, 했더니 내일 문예지의 편집장이 오기 때문에 모레면 어떻겠느냐며 다시 물었다. 순간 단순한 내방이 아닌 것을 깨닫고 그제야 무슨 용무냐고 물었다. 인터뷰를 하고싶다는 대답이었다.

인터뷰라면 안 한다고 했더니 한참 있다가 그럼 그냥 찾아가겠노라 해서 용건 때문에 오는 것이 아니라면 상관없다고 응낙했다. 그런 점에서는 약속을 잘 지키는 일본인의 습관을 알고 있었기 때문이다.

《문예(文藝)》라는 문학지의 편집장과 통역을 위한 한국인 여성과 학생, 그리고 젊은 평론가 가와무라 미나토[川村湊] 씨네 사람이 약속된 날 원주로 찾아왔다. 가와무라 씨는 촌사람

같이 선량하고 소박해 보였다.

키가 좀 큰 편집장은 그런 직종에 종사하는 사람들이 가지는 공통된 분위기는 아니었고, 보기에 따라 매우 냉철한 것 같으면서 선량한 약점이 있는 것같이도 보였다. 나는 내 자신을 소개하기를 "철두철미 반일(反日) 작가다." 두 사람은 약간 놀라는 것 같았다. 왜 충격을 받을까? 전에도 그런 얘기는 했었고 일본인들은 가만히 듣는 것 같았다. 그러나 깨달았다. 세월이 많이 흘렀다는 것을. 반일을 당연하다고 본 그들은 이제 당연하지 않은 것으로 느끼게 된 것이다. 그들과 나는 꽤 오랜 시간 얘기를 했다. 남경(南京, 난징)학살 사건에 관한 말이 나왔을 때 그들의 안색은 변했고 실은 겁이 많은 것이 일본 사람 아니냐 했을 때는 당혹하는 것 같았다. 생각해 보면 손님에게 너무 무례했다 할 수도 있을 것이다.

그러나 내 마음속에는 그들이 지식인이라는 신뢰가 있었다. 지식인끼리는 옳고 그른 차원에서 얘기가 되어져야 하는 것으로 믿었고 그것이 아니라면 도대체 그들과 내가 만날 이유가 없는 것이다. 평론가나 편집인이나 작가는 뭐 하는 사람인가, 적어도 진실에, 사실에 접근하고자 노력하는 사람인 것이다. 내심으로 찜찔했겠지만 그들은 과히 기분 나쁘지 않게 돌아갔다.

얼마 후 잡지《문예》하계호가 일본에서 왔다. 그들이 말한 대로 인터뷰는 취급하지 않았고 가와무라 씨의 「반일과 향수의 틈」이라는 평론에 내 얘기가 삽입되어 있었다. 제목이 몹시 불쾌했지만 내용은 날카롭고 일단은 공정한 입장에서 성실하게 문제를 다루고 있었다.

"한국의 반일에는 항상 역사를 동반하며 그것을 증인으로 하고 있다는 것을 우리들은 유의해 두는 것이 좋을 것이다. 왜냐하면 바로 우리들 일본인은 소위 역사적 교훈을 배우지 않는 민족이기 때문이다. 혹은 역사는 역사로서 현재와 무연한 것으로, 방편으로 씌여지는 정신적 기술이 고도로 발달되어 왔기 때문이다. 물론 이것은 만세일계를 주장해 온 천황의 역사, 다시 말하자면 역사로서의 천황을 의미하고 있으며 같은 일본인의 '역사성'이야말로 근린제국(近隣諸國), 제민족(諸民族)에게는 지극히 수상쩍게 보일 것이다."

가와무라 씨의 지적은 타당하고 평론가로서의 신뢰감을 내게 안겨주었다. 바로 그렇다. 그리고 그것은 인근 민족에게만 수상쩍은 것은 아니다. 일본인 자신에게도 수상쩍은 것이다. 일본인의 역사성이 인근 민족에게 피해를 준 것처럼 일본인의 의식을 꽁꽁 동여맨 허위의 포승으로 피해자인 것은 매일반이다.

"박경리(朴景利) 씨의 『토지』는 근원적으로 '대지(大地)'를 소유하고 사유한다는 근대적인 토지소유의 관념 그 자체에 대한 의의를 머금고 있다 할 수 있을 것이다. 그것은 물론 국유지라는 개념의 확대 부연하면 경작자로서의 조선 농민으로부터 토지를 빼앗은 일본제국주의에의 비판이기도 하지만 그 기층에 있는 것은 토지란 누구의 것이냐 하는 근대적인 경제사회 그 자체를 흔들어대는 물음인 것이다."

『토지(土地)』를 농민소설로 간주하려 드는 일부 시각에 늘 쓰거움을 삼킬 수밖에 없었고 구차스럽게 그것에 대한 설명을 하다가도 그러는 내 자신에 짜증을 내곤 했었는데 작가의 의중을 여실히 표현해 준 가와무라 씨가 고마웠다. 그러나 고마움을 표시하기 위하여 그 구절을 인용한 것은 아니다. 조선 농민으로부터 토지를 빼앗은 일본제국주의에의 비판이기도 하지만 그 기층에 있는 것은 토지란 누구의 것인가 하는 근대적인 경제사회 그 자체를 흔들어대는 물음이라는 가와무라 씨의 말, 여기에는 미묘한 뉘앙스가 있지만 다른 표현으로 되풀이해 보면 민족주의 반일의 동기와 민족주의 반일의 목적, 그것에는 다 사람의 생존을 저해하는 것에 대한 저항의 필연성이 있는 것이다. 즉 삶의 터전인 땅이 토지라는 소유의 개념으로 변하면서 역사는 투쟁과 전쟁으로 점철되어 왔고 작게는 개인에서 민족, 크게는 인류 모두가 피해자와 가해자의 위치에 있었던 것이다.

한일합방을 전후해서 제2차 세계대전 종결까지, 제국주의 식민지 시대는 가장 가혹한 땅의 유린과 생명 학살의 도가니였고 우리 민족은 살아남기 위해 민족주의의 불꽃을 간직해야만 했다. 그러면 광복 후 우리는 민족주의를 극복해야만 했는가. 그렇지가 않다.

역사는 시작되었고 근세, 반세기 동안 약자는 삶의 터전을 잃었으며 국토가 유린당하고 민족이 살육당했던 제국주의

식민 시대 죽지 않기 위해 권리를 쟁취하기 위해 우린 민족주의 반일사상의 불꽃을 간직해야만 했다. 그러나 광복 후 과연 민족주의 반일사상은 쓸모없이 되었는가? 그렇지가 않다. 세계의 현실은 여전히 약자의 호주머니를 강자는 털어내고 있으며 아흔아홉 섬의 곡식을 가진 자가 한 섬 가진 자로부터 빼앗아 백 섬을 채우려는 이것이 오늘날의 민족과 민족 간의 현실인 것이다.

뿐인가. 영토의 침략보다 더욱 악성인 것은 땅이 죽어가고 있다는 사실이다. 그 장본인은 누구인가, 이득을 많이 챙기는 자다. 많이 벌어들이는 만큼 땅을, 지구를 파괴하고 황폐를 재촉하고 있는 것이다. 일본의 팽창주의는 과거와 다를 것이 없다. 그 해악도 다를 것이 없다. 민족주의에 대한 비판 혹은 무관심을 나타내는 일부 지식층의 이상주의 혹은 지성을 나는 지적 허영으로 본다. 『토지』의 일본인 오가타 지로[緒方次郎]는 코스모폴리탄이다. 그는 강자 편에서, 가해자 편에서 양심을 지켜 비판하는 세계주의자다. 그러나 피해자가 불이익을 안고 과연 평등의 세계주의로 갈 수 있는 걸까? 허구요 망상이다. 한국인의 반일이 모두 그런 논리에 있는 것은 물론 아니다. 분풀이라는 본능적 감정인 것도 인정한다. 그러나 정치적 차원이지만 일본인의 의식도 간과할 수 없는 만큼 일본은 왈가왈부할 처지가 못 된다. 그것은 과거의 잘못보다 오늘의 잘못이기 때문이다. 그들은 한국인의 분을 풀어주지 않았다.

물질로 환산할 수 없는 피해였지만 그들은 거의 보상하지 않았다. 사과조차 하지 않았다. 통분이 무슨 사과인가? 그러고도 욕을 안 먹겠다는 것은 뻔뻔스러운 일이다. 가와무라 씨는 한글세대는 반일이라는 대전제를 전면에 세우고 있으나 구체적 체험과 연구 관찰이라는 기회를 가지지 못하고 다만 반일이라는 민족교육으로 길러진 지식과 근본적 이미지에 의해 일본을 단죄, 규탄하는 태도를 가지기 일쑤다 했는데 동감이다. 그러나 동감의 뉘앙스는 상당히 다르다. 도식적인 교육을 떠나 생생한 역사적 사실 역사적 입김에 접할 수 있다면 한글세대는 무조건 감정적 시비를 떠나 조목조목 따지고 넘어가는 사상적 강화(强化)를 보게 될 것이다. 그리고 또 하나 일본의 전후세대도 우리 한글세대에 대한 불만을 사실에 입각하여 반박할 수 있는 역사적 사실을 관찰하고 연구해야만 한다. 대로(大路)는 결코 일방통행일 수 없기 때문이다.

이 밖에도 가와무라 씨의 성실한 우려를 나타낸 말이 있다.

"그것은 커다란 틀 속을 말한다면 서로 근대화를 절대(絶對)로 하고 그것에서 뒤떨어지는 정도에 따라 서로가 서로를 비웃는 것 같은 구조가 극동(極東)의 아시아 속에 낭질(狼疾)과도 같이 끼워 맞춰져 있기 때문일 것이다."

오늘 양국 간의 증오가 지극히 저질 상태인 것을 말하려고 했다기보다 그것은 엄청난 문화의 후퇴를 의미한다. 그것은 결코 민족 간의 대립을 말한 것은 아니다. 근본적으로 세계가 그릇된 방향으로 파멸의 방향으로 가고 있는 것을 물질보다 정신의 측면에서 우려로 나타낸 것이라 할 수 있다. 이 말에서 나는 뜨거운 동지애를 느꼈다. 인간이 인간으로서 가장 귀한 것을 포기하고 경제적 동물로, 의식의 야만시대로 뒷걸음질 치고 있는 것을 말한다.

제2부

"나는 반일 작가입니다"

1. 진실의 상자 못 여는 일본

최근 핵실험을 감행한 프랑스에 대하여 몹시 강경했으며 역시 핵실험을 한 중국에도 신경질적인 반응을 나타낸 나라가 일본이었다. 핵문제에 관한 한 인류 모두가 분노하고 반대하는 것은 당연한 일이다. 지구의, 생명들의 종말이 그것에 달려 있고 절대로 허용해서도 안 될 심각한 범죄이기 때문이다. 그러나 일본이 목소리를 높이는 데는 곱게 보아줄 수 없는 측면이 있었다. 최초로, 유일하게 핵폭탄 세례를 받은 일본인지라 그럴 수도 있겠다. 혹 그런 생각을 할 사람이 있을지 모르지만.

사실 광복을 기념하는 우리들의 국경일 8·15는 해마다 그 감격과 의의가 희석되어 가는 반면, 히로시마 원폭의 기념행사는 해가 거듭될수록 열기가 높아가는 것 같고 분함과 보복의 칼을 가는 듯한 분위기마저 느끼게 하는데, 그러나 그보다 좀 더 확실하게 나타나는 것이 일본의 피해의식이다. 그것은 가해자라는 또 하나의 피해의식을 상쇄하는 데는 안성맞춤의 전략적인 것이기도 해서 대충 넘어가려는 사람들을 혼란에 빠뜨리기도 한다. 왜 하필 일본에 핵폭탄이 떨어졌는가. 그 원인을 그들은 말하지 않는다. 남경의 30만 양민 학살에 대해서도 그들은 말하지 않는다. 아니, 말한 적은 있었다. 한때 소설을 썼고 정치가로 변신한 이시하라[石原]라는 위인이 외국 기자에게 남경 사건은 조작된 것이라고 거짓말을 했다. 어디 남경 학살뿐이랴. 그러나 그 비행을 일일이 거론하는 것에 사실 우리는 지쳐버렸고 힐난하는 처지에서도 차마 입에 담기 부끄러운 사건들, 하지만 그들은 거론하는 데 지친 것도 아니며 부끄러워서 침묵하는 것도 아니다. 다만 열심인 것은 원폭의 기념탑을 세우고 공원을 조성하고 그들 자신이 피해자임을 세계만방에 고하는 일이다.

그러면 핵폭탄과 현재의 일본, 그 함수관계는 어떤 것일까. 전쟁 말기 청소년들을 자살 비행으로 내몰던 가미카제[神風]를 나는 기억한다. 사이판 유황도 등, 그들의 거점이 무너질 때마다 비전투원에게까지 소위 그 옥쇄(玉碎)라는 것을 강요했고 차마 자결하지 못하는 모친을 아들이 목 졸라 죽였다는 얘기도 들은 바 있다. 그 무렵 일본은 본토 결전을 각오했으며 최후의 한 사람까지 싸워서 옥쇄한다는 것이 흔들 수 없는 명제였다. 그러나 일왕은 깊고 깊은 지하에서 무조건 항복을 녹음했으며 군인들은 궁성으로 난입하여 항복을 막으려 했다. 어쨌거나 핵폭탄의 투하는 일본인 전원 옥쇄 전에 전쟁을 끝내는 결과를 가져왔다. 원폭 세례의 원인을 만든 것은 일본이다. 원폭으로 하여 일본이 지구상에 살아남았다는 것도 신빙성이 있는 얘기다. 끔찍스럽고도 역설적인 일이 아닐 수 없다.

나치가 저지른 일을 청산한 독일과 정산하지 않는 일본, 오히려 침략을 정당화하며 초등학교 우리의 어린이까지 전선으로 차출하여 하루에도 수십 명 병사를 상대하는 지옥을 연출하고도 마이동풍, 미군이 성폭행을 했다 하여 지금 국론이 뒤끓고 있는 일본. 도대체 일본과 독일은 어떻게 다른가. 가스실과 위안부가 같지 않아 그럴까. 영육이 동시에 파괴되는 위안부가 가스실 참사를 상회하는데도. 그러면 동과 서의 차이점 때문일까. 그렇지는 않다. 옛날 일본은 아시아에서 고도(孤島)였을 뿐만 아니라 문화에서도 고아 같은 존재였다. 기능적이며 공리적인 특성은 차라리 서쪽에 가깝다. 그리고 일본은 서쪽을 등에 업고 동쪽을 배신한 유일한 나라다.

그러면 뭐가 다른가. 우리는 칸트, 헤겔을 위시하여 기라성 같은 철학자들이 독일인인 것을 기억한다. 베토벤, 괴테 같은 숱한 예술가의 모국이 독일인 것을 알고 있다. 그들 철학자, 예술가들은 거짓의 토양에서는 자랄 수가 없다. 진실을 추구하는 그들 후예들이 나치의 범죄를 보상하고 오욕을 씻어낸 것이다. 일본은 거짓의 두 기둥을 박아놓고 국민을 가두어왔다. 하나는 천조의 상속권 주장인 만세일계요, 다른 하나는 현인신으로 왕을 치장한 신도(神道)다. 각일각 변화하는 생명과 만상의 원리를 어기고 어찌하여 일문이 만세에 걸쳐 군림할 수 있을까. 나고 죽는 우주 질서에서 일왕도 예외가 아니거늘 어찌하여 신으로 칭하는 걸까. 거짓은 만사를 거짓으로 만든다. 그곳은 그러나 진실을 추구하는 철학과 예술, 창조를 이룩할 수 없는 허방인 것이다. 그 체제를 변호하는 한, 그 체제가 존속하는 한 일본에 지성인은 존재하기 어렵다. 지성인은 거짓말을 안 하는 사람이기 때문이다. 사상이 약하고 유리알 속의 유희 같은 탐미주의가 예술을 주도하고 있는 것도 일본이 진실을 도외시하기 때문이며, 청산하는 독일과 청산하지 않는 일본의 차이점도 바로 그곳에 있다.

일본 전설에 우라시마라는 어부 얘기가 있다. 용궁에서 옥함 하나를 얻어 고향으로 돌아오는데 고향에는 모두 낯선 사람뿐이요, 외로워진 그는 열지 말라는 당부를 어기고 바닷가에서 옥함을 여는 순간 백발이 되었다는 내용이다. 백발은 정확한 시간의 표상이다. 그러나 일본은 옥함을 여는 것을 두려워하는데 열어야 한다. 백발이 되고 다시 태어나는 것이야말로 영원한 질서이며 진실이기 때문이다.

2. 신들이 사는 나라

7~8년 전이라 생각하는데 일본의 젊은 평론가 가와무라 씨와《문예》의 편집자 다카기 씨가 원주에 사는 나를 찾아온 일이 있었다. 그때 "나는 철두철미 반일 작가입니다" 하고 자기소개를 했더니 그들은 다소 놀란 듯 나를 바라보았다. 아니나 다를까 가와무라 씨는《문예》에 실은 「반일과 향수의 틈」이라는 글에, 철두철미 반일 작가라는 말을 듣고 다소 쇼크를 받았다, 그렇게 쓰고 있었다. 한 시절 전만 해도 반일 운운했다 하여 놀라는 일본인은 별로 없었던 것 같고 한국인의 반일 감정을 당연한 것으로 받아들인 성싶었는데 세월이 흐른 탓인지. 물론 그런 점도 있었을 것이다.

그러나 경제대국이라는 자신감과 군사력을 지닌 강국, 무의식 속의 우월감 같은 것이었는지 모른다. 아니, 그보다 일본의 경제성장을 선망의 눈으로 바라보는 새로운 친일적 지식인들이 증가하는 추세에다 사실 일본의 모방이 판을 치고 있는 형편이고 보면 면대하여 반일이라니 뜻밖이었는지 모른다. 이 밖에도 대화 도중 두 번쯤 남경 학살에 관해 얘기했을 때와, 일본인은 강하다, 흔히들 하는 말이지만 의외로 소심하고 겁이 많은 민족이라 했을 때 그들의 표정이 달라지는 것을 느낄 수 있었다. 소심하고 겁이 많다는 이 대목에는 한국인들 중에도 의아해할 사람이 더러 있을 것이다.

세계 정복을 꿈꾸었던 일본이었기 때문이며 제2차 세계대전을 일으킨 장본인으로서 그 잔혹하고 대담무쌍했던 전력을 상기해 본다면 사리에 맞지 않고, 칼을 숭상했던 역사와 그 역사에 단련된 민족이며 자살[切腹]을 미학으로까지 끌어올린 그네들 풍토를 생각할 때 터무니없다 할 수도 있겠다. 그러나 문제는 바로 거기에 있는 것이다. 무엇이 그들로 하여금 그렇게 하게 했는가.

일본인은 집단적 심리에의 경향이 짙다. 그것은 집단에 대한 복종을 뜻하며, 따라서 권력에 약하고 강자 숭배는 거의 생리적인 것으로 나타나는데 이 점에 대해서도 일부 한국인들은 매우 바람직한 장점으로 꼽는 것 같다. 사실 복종은 단결이며 민족의 역량을 한곳으로 모아 발전으로 몰고 가는 원동력이 되는 것을 부정 못 한다. 그러나 연약한 짐승들이 무리를 지어 포식자로부터 자신을 지키며 생존해 가는 것과는 다르게 인간의 경우에는 생존의 한계를 넘어선 욕망이 있기 때문에 왕왕 그것은 화약고가 되어 폭발하는 속성을 지니고 있다.

　이웃을 파괴하는 것은 물론 스스로도 깊은 화상을 입고 재기 불능한 경우가 있으며 제2차 세계대전은 바로 그와 같은 본보기라 할 수 있을 것이다. 그러면 꽃다운 소년들의 자폭 행위나 전원 옥쇄, 그 같은 용기는 무엇에서 오는 걸까. 그것을 숭고한 것으로, 일본인의 정신적 기조로 삼는 연유는 대체 어디에 있는 걸까. 만세일계와 현인신이라는 헛된 멍에, 바로 그것이다. 그것을 옹위하는 군국주의, 군국주의를 존속하게 하는 것 또한 현인신이라, 두 개인 동시 불가결의 동체다.

　칼은 물리적으로 육신을 구속하고 현인신은 정신을 사로잡고, 이같이 옥죄이는 공간을 상상해 볼 것 같으면 참 이상하다. 괴기한 것들이 떠오르니 말이다. 정교하게 만들어진 인형이 있고 손바닥만 한 연못에는 성냥개비 같은 다리가 걸려 있고 생명을 일그러뜨린 분재가 보이고 세련된 포장, 장 종지 같은 작은 술잔, 손가락 끝에서 노는 앙증스러운 우산 하며, 기능으로 갈고닦으며 달려온 역사의 비극을 소름 끼치게 느끼게 한다. 비상을 꿈꿀 수 없는 사로잡힌 영혼에게 깃드는 것이 허무주의다. 그리고 쾌락이다. 남경 학살, 백주의 난행은 일본군의 전략이지만 뒤집어 보면 그로테스크와 에로티시즘의 여실한 참극, 절망 없이 그 짓을 했을까.

　일본 문학에서 탐미주의가 정점을 이루는 것도 같은 맥락이다. 썩어가는 육체, 괴기스러움에 대한 쾌락, 그것은 일종의 도피다. 자살의 미학도 실은 일그러진 사디즘을 포장해 낸

것에 불과하고 삶을 정면 돌파하려는 의지의 결여로 볼 수 있다. 산다는 것만큼 고통스러운 것은 없다. 또 아름다운 것도 없다. 진실 자체이기 때문이다. 진실의 추구야말로 문화의 시발점인 동시, 발전의 과정이기도 하다.

물론 죽음이 아름다운 진실일 때도 있다. 그것은 초월적 심성일 때 가능하고 대자대비일 때 죽음은 희생이라는 숭고한 경지에 도달하게 된다. 희생은 베푸는 것이지 강요당하거나 사역당하는 것은 아니다. 현인신을 위하여 꽃처럼 떨어지는 아름다움이란 환상이며 최면술이다. 그 같은 죽음들은 죽음으로 내몰려 죽음에 직면한 공포를 죽음으로 극복하려는, 비명과 울부짖음과 몸부림, 고통까지 경직되어 버린 가장 약한 자의 현실이다.

절대적 암흑을 향하여, 그곳에 눈송이같이 휘날리는 벚꽃은 아름다움이 아니라 무심이다. 일본에도 사슬을 끊을 기회는 몇 번 있었다. 천주교가 들어오고 소위 후미에[8]에 의해 수많은 순교자가 나왔을 때, 그러나 시마바라의 난으로 교도들을 모조리 불태워 죽임으로 끝나버렸고 제1차 세계대전 이후 일본 전토에 만연하여 국체를 부정했던 사회주의도 만주사변을 기점으로 권부에 의해 궤멸했다.

어느 역사건 절대 권력과 절대 복종은 있어왔다. 그러나 그것들은 수없이 변화하여 흘렀다. 다만 일본만은 고착하여 변

---

8 후미에[踏繪]: 에도 막부가 천주교 신자를 색출하기 위해 사용했던 방법. 또는 거기에 사용했던 목판이나 금속판.

할 줄 모르고 시간을 멈추게 하고 있는 것이다. 일본인이 아니라도 그 체제 속에서 굳어버리는 것은 당연하다. 소심하고 겁이 많으며 축소지향에다 창조력이 고갈되고 기능만을 능사로 삼는 것은 당연하다. 얘기가 좀 달라지지만 작년, 한일 학생회의 회원들이 방문한 일이 있었는데 그중에는 상당수의 일본인 학생들이 포함되어 있었다. "나는 철두철미 반일 작가지만 결코 반일본인은 아니나" 하고 말했다. 내 반일 사상에 대하여 해명하고 싶은 기분도 있었고 일본인 학생들을 어색하게 하지 않으려는 배려도 있었다. 그리고 그것은 내 진심이기도 했다.

세계는 지금 개방되어 지구라는 단위 속에 인류는 공존하지 않으면 안 되고, 부정해야 하는 것은 인류의 생존을 저해하는 것이지 인간 그 자체가 아니기 때문이다. 참고가 될까 싶어서 와타베 료조[渡部良三]라는 분이 쓴 글을 발췌하여 소개할까 한다. 그는 전쟁 말기 학도병으로 전선에 나갔다가 신병 훈련용으로 살아 있는 사람을 세워놓고 십여 명의 신병이 차례차례 돌격하여 찌르는데 그러고 나면 인간은 걸레 조각같이 되고 마는 것을 목격했다. 와타베 씨는 그 훈련을 거절한 탓으로 기막힌 고초를 겪다가 패전을 맞이한 사람이다.

"일본인이 피해자라는 의식을 가진다면 원폭피습보다 천황의 권력을 정점으로 하는 지배층, 특히 구(舊)군부와 관료 중에서 사법 관료, 일본 자본주의 자본, 천황 일족에 의해 제2

차 세계대전의 고통을 받게 되었다는 것을 의식해야 한다.”

“인간의 생명만큼 소중한 것은 이 지상에 없다. (중략) 사랑이 있는 군비, 자유가 있는 전쟁 같은 것은 없다.”

“천황은 신에게 기도드리며 일본과 세계의 평화를 기원하는 분입니다. 그것이 일본의 전통입니다. 이따위 말을 일류 대학의 교수가 했지만 소화(昭和) 천황이 전쟁을 선포했고 무조건 항복을 받아들인 사실은 지울 수 없다.”

에토 준[江藤淳]이라는 평론가는 “천황[昭和]은 아마도 미국에 무조건 항복을 안 했을 것으로 생각한다. 그것을 증명하기 위해 오늘까지 계속 살아 계시지 않았나 싶다”라고 말했다. 감상에 흠뻑 젖어서, 눈물 콧물 떨어지는 소리가 들려올 것만 같은, 도시 그들 지식인들은 왜 그 많은 동포들을 죽음으로 몰고 간 책임을 묻지 않는 걸까. 그 많은 죽음의 책임자, 한 인간의 장수를 어찌 그토록 눈물겹게 감격스러워하는 걸까. 도무지 이해가 안 된다. 신국(神國)이며 현인신이기 때문일까. 세속적 정치에 무관한 것도 신이기 때문일까. 에도 시대, 신도의 일파인 후소교[扶桑敎], 짓코교[實行敎]가 제창한 소위 일본은 만국의 종주국이며 후지산은 지구의 정신이요, 진수라. 이 황당한 생각은 속으로야 믿을 리 없겠으나, 오히려 지식층에서 부활하고 있는 느낌이 든다.

그들은 조선, 만주, 타이완을 반환했다는 말 대신 잃었다는 표현을 쓰고 있다. 얼마 전 독도 망언이 있었을 때 반환이 아닌 잃었다는 그들의 발상을 생각하며 쓰게 웃은 일은 있었지만 사람의 일로서는 설명이 안 되고 오로지 만사형통인 신의 세계에서만이 있을 수 있는 일. 왜냐하면 그것에는 설명이 필요 없으니까.

그렇다면 설명할 수 없는 지식이나 지식인이 뭣에 필요하단 말인가. 와타베 씨의 말이지만 전쟁을 성전(聖戰)이라는 세계사적 신어(新語)를 만들어서 정낭화하는 것, 그것 역시 설명이 안 되는 부분에는 신을 모셔 오는 것이다. 참 편리하고도 생광스러운 물건이다.

전쟁은 문화의 어머니요 어쩌고 하는 말도 생각이 난다. 일본 지식인들의 대부분은 한국인의 분노를 지겹고 불쾌하고 귀찮아한다. 언제까지 이럴 것이냐, 하면서도 철도를 놓아주었으니, 학교를 세워주었으니, 아무도 그것을 부탁한 바 없는 일을 좀스럽고 쩨쩨하게 늘어놓는 데 대해서는 말이 없다. 간간이 들려오는 침략이 아니라는 망언에 대해서도 무반응이다. 그들의 계속되는 망언은 괜찮아도 한국인의 분노는 왜 지겨운가. 사리를 명백하게 하지 않는 이상 잘못은 되풀이된다. 과거지사보다 미래를 내다보는 데서 오는 근심이다. 장차 세계에서, 인류라는 차원에서 일본은 어떤 모습으로 있을 것인가. 인류에 속하는 일본인 역시 오늘 군비 확장의 의미를 깊이 새겨보아야 할 것이다. 자결하지 못하는 모친의 목을 조르는 아들의 비극이 없기 위하여.

끝으로 이야기의 실마리가 되었던 두 사람의 일본인, 소박하고 성실한 인상이었는데 특히 가와무라 씨의 사리를 밝히려는 진지한 생각에는 경의를 표한다. "우리들 일본인은 소위 역사적 교훈을 배우려 하지 않는 민족이며 역사는 역사로서 현재와 무관한 것으로, 방편적으로 사용한다는 정신적 기술을 고도로 발전시켜 왔다."―가와무라 씨 글 중의 한 대목이다. 그리고 또 "일본의 지배자는 조선인에게 유화정책을 쓰기보다 일본인에게 식민지를 가진 일등국의 제국신민으로서의 자각을 교육해야만 했다."―이것은 「소화(昭和)와 아시아」라는 글 중의 한 부분이다.

동경진재[9] 때 조선인 학살에 대해서 가와무라 씨는, 의분, 죄책, 연민을 가진 일본인은 적지 않았으나 그 현상의 바닥에 있는 것을 발가내려는 의지는 없었다. 시인 하기와라 사쿠타로[萩原朔太郎]도 그 사건으로 대중에 대한 불신이 깊어갔고 깊은 상처를 남겼으나 일본의 잔학이 어디서 왔는가를 물으려 하지 않았다. 대충 가와무라 씨의 말을 정리해 본 것이다. 이렇게 본질적인 것으로 접근하려는 지식인은 드물다. 다만 유감인 것은 「반일과 향수의 틈」에서 일본어 세대의 일본의 영향에는 나의 견해가 다르다. 언어는 내용의 수단이기 때문에.

---

9 동경진재(東京震災): 1923년 일본의 간토 지방에서 발생한 간토대지진.

3. 미(美)의 관점

　누구였는지, 사석에서 들은 말이었는지 지면을 통해 읽은 글이었는지 기억이 희미하고, 전후사정도 확실하지 않으나 그 내용만은 뚜렷이 남아 있는 얘긴데요, 우리 애국가와 일본의 국가(國歌)를 비교하면서 민족성을 비판한 사람이 있었습니다.

　　동해물과 백두산이 마르고 닳도록

　　さざれ石のいわおとなりて苔のむすまで
　　(조약돌이 바위 되어 이끼가 낄 때까지)

　애국가와 일본 국가 가사 중의 이 두 대목을 예로 들어 애국가는 왜 하필이면 마르고 닳아지며 없어지는 소위 비생산

적인 것이어야 하는가, 일본의 국가는 자라나고 커가며 미래
지향의 생산적 내용인데, 뭐 그런 얘기였던 것 같습니다. 방
종한 언어의 속성을 착각하게끔 활용했다 할 수도 있겠지만
한마디로 같잖은 말이었습니다. 문제는 그것이 백두산이며
동해물이라는 점입니다. 억조창생, 생명이 있는 자리와 시간
을 생각한다면 그같이 유구한 표현은 달리 없을 것입니다. 생
태계가 존속하는 한, 공간이 존재하는 한 우리 민족은 그 시
간을 살아내겠다는, 매우 합리적인 의지를 나타낸 것입니다.
반면에 조약돌이 바위가 되기까지, 과연 일본 국가에서처럼
조약돌이 바위로 자랄 수 있겠습니까? 물체가 닳고 물이 마
르는 것은 엄연한 자연적 현상입니다. 조약돌은 부서져서 모
래가 될지언정 바위로 커질 수는 없는 일입니다. 황당무계
한 가상이지요. 물론 상징일 수는 있습니다. 그러나 상대적일
때, 한쪽을 깎아내리고 한쪽을 받들 때 그 논리는 성립이 안
됩니다. 왜냐하면 사실과 허위가 전도되어 있기 때문입니다.
이와 같이 전도된 해석은 자칫 잘못하면 기정사실이 될 수도
있으며, 식민지 사관이 아직 병소(病巢)와도 같이 우리 주변에
남아 있는 것을 생각할 때, 그러나 그보다 경제 일변도·이익
추구에만 초점을 맞추어—분명 일본이 경제대국이기 때문에
받들었을 것이다—진실을 임의로 변조하고 그것을 능사로
삼는 사고방식은 진실이 아니라는 것 이상의 위험을 내포하
고 있습니다. 이익 추구는 수단과 방법을 가리지 않으며 끝이
보이지 않는 경쟁과 음모와 책략, 그것 역시 한계를 넘어서

거대한 역학적 현실에 우리는 직면하고 있습니다. 어떠한 전쟁 어떠한 천재(天災)보다 인위적으로 지구가 이토록 망가지기는 아마 처음일 것입니다. 그럼에도 경제대국은 숭상의 대상이요 이 나라에서도 잠꼬대에까지 경제 우선이니 아마도 지구가 끝날 때 그들은 황금을 안고 지구 밖으로 나갈 모양입니다. 그러나 나는 만사휴의라 생각지 않을 것입니다. 어리석게도 되풀이하겠어요. 네, 우둔하게도 되풀이하렵니다. 현인 신이라든지 조약돌이 자라서 바위가 된다는 따위 상징이기보다 미망(迷妄)이며, 주술적인 것으로서 의식 없는 우중(愚衆)이면 모를까 진리를 탐구하는 지식인이 거론해서도 안 되는 일이지요. 양보를 하여 그런 비판은 진정이었으며 민족의식을 극복하고 세계화로 나가는 마당에서 냉철한 객관으로 얘기했다 합시다.

냉철한 비판이란 공평함을 뜻합니다. 최소한의 공평을 소지했던들 그와 같이 머리만 따고, 혹은 꼬랑지만 잘라서 말해 버리는 것은 무책임입니다.

우선 중요한 두 가지를 보충해서 말을 하자면 우리 애국가는 민족염원, 민족정서의 노래로서 어느 한 특정인을 위하여 불리어지는 것은 아닙니다. 그러나 일본의 국가에는 민족이나 다수가 존재하지 않고 오로지 군왕 혼자만을 위한 노래인 것입니다. 군왕의 세상[君が世]의 조약돌이 바위만큼 자랄 때까지 존속하라는 거지요. 그들에게는 애국가라는 것이 따로 있어요. 바다에 가면 물에 잠긴 시체요, 산에 가면 풀에 덮인

시체, 오로지 오오키미[10] 곁에서 죽겠노니 그 무엇을 되돌아
보리, 대강 그런 뜻인데 역시 그것에도 민족이나 백성은 없습
니다. 우리에게도 '이 몸이 죽고 죽어'라는 정몽주의 단심가
가 있습니다만 그것은 의무적으로 불러야 하는 그런 성질의
것은 아니지요. 정몽주 개인의 충성심을 노래한 것일 뿐입니
다. 다음은 백두산과 동해물, 그것은 웅장한 하나의 파노라마
입니다. 거기 비하여 조약돌과 바위는 어떻습니까? 눈을 감
고 정경을 떠올려 보세요. 양쪽의 비유에서 우리는 의식의 공
간을 더듬어 볼 수 있을 것입니다. 일본 속담에 이런 것이 있
어요. 세워놓은 판자에 물이 흐르듯. 능란한 변설을 두고 비
유한 것인데, 지난번에도 말했듯이 우리는 말 잘하는 사람을
두고 청산유수라 합니다. 더러 일본의 축소지향의 문화를 말
한 사람들도 있는 모양인데 여기서도 축소취향을 볼 수 있지
요? 분재라든가 술잔이며 그들 생활에서 흔히 볼 수 있는 앙
증스러우면서도 때에 따라서는 병적이며 불구 같은 느낌의
축소취향은 국토가 작아서 그렇다 할 수도 있겠으나 우리 국
토도 대륙에 이어져 있기는 하지만 작기로는 매일반입니다.
섬나라여서 그렇다, 그것 역시 섬나라가 일본만은 아니지 않
아요? 나는 그들, 변하지 않는 독특한 체제 밑에서 사람들이
이지러진 현상으로 봅니다. 그것을 여실히 느끼게 되는 것은
우리들 탈춤이 갖는 도약이라든가 폭포에 비기는 창에 비하

---

10 오오키미[大君]: 주군. 또는 천황의 높임말.

여 그들의 춤이나 노래에는 도무지 활력이 없다는 점입니다. 개인적으로 볼 때는 고지식하고 온순하며 겁이 많아요. 그것은 용감무쌍하고 칼이 숭상되는 땅에서, 좀 납득이 안 되는 일입니다.

아무튼 매번 하는 얘기지만 각기 민족에게 우열은 없습니다. 신국(神國)이다, 야만국이다 하는 것은 어떤 뜻에서는 동의어로 볼 수 있고, 다만 민족이나 민족문화는 그 특성이 다르다는 생각인데, 그들의 축소취향을 반드시 부정적으로 보는 것은 아닙니다. 축소에는 정교함, 정밀한 장점이 있기 때문에 그 기능으로써 일본은 산업의 선도 역할을 했을 것이며 경제대국이 되었을 것이란 추측은 가능할 것입니다. 또 우리는 창조적 성향이 짙고 그들은 기능 면에서 강하다, 그 얘기도 실은 역사의 흐름과 환경조건에 의해 각기 특성으로 나타나는 것으로, 본래부터 특성이 따로 있었다 믿지 않습니다. 아까 독특한 체제하에서 사람들이 이지러졌다 한 것도 그런 맥락이며 그 문제에 대해서는 차츰 전개해 나가기로 하고, 여하튼 그들 나름의 바탕과 틀 속의 일본인들, 삶과 예술은 어떤 모습으로 나타났는가를 얘기하겠습니다.

근대사조가 일본으로 밀려들어 온 후 특기할 만한 현상의 하나로 문인들의 빈번한 자살사건을 들 수 있습니다. 메이지 원년[明治元年]에서 패망까지 백 년이 채 못 되는 시기에 그같이 많은 문인이 자살한 것은 유례를 찾기 좀 힘들 것입니다. 기억나는 대로 거물급만 대충 챙겨보아도 수월찮은데, 낭만파 시인이며 평론가였단 기타무라 도코쿠[北村透谷]는 자기 집 마당가에 있는 나무에 목을 매고 죽었으며, 지순한 감성의 소유자인 시인 이쿠다 슌게쓰[生田春月]는 세토나이카이[瀬戸內海]에 투신자살했지요. 소설가로서는 가와카미 비잔[川上眉山], 아쿠타가와 류노스케[芥川龍之介], 다자이 오사무[太宰治]가 있으며 아리시마 다케오[有島武郎]는 유부녀와 함께 별장에서 정사(情死)를 했습니다. 문인들의 자살이 다른 나라에서도 더러 있는 일이지만 유독 일본에서 현저하게 나타난 까닭은 무엇일까요? 그것도 일본 역사상 처음으로 세계를 향해 발돋움했으며 전승국으로서 영토를 확장하고 생활수준도 향상되어 소위 좋은 시절이었는데 말입니다. 흔히 칼의 문화, 죽음의 미화라는 일본 전통에다 원인을 두는 안이한 생각도 하는 모양인데 물론 무관하지는 않을 것입니다. 전후에 자살한 미시마 유키오[三島由紀夫]의 경우는 노골적인 그런 흔적을 보게 됩니다만, 얘기의 방향을 잠시 꺾어야겠어요. 칼의 문화라는 말에 대해서, 내 자신도 가끔 그런 말을 입에 올리는 일이 있습니다만, 과연 칼의 문화가 있을 수 있느냐는 문제입니다. 죽음의 미화에 대해서도 그렇습니다. 배를 가르고 죽는 그야말로 몬도카네식의 처참한 셋푸쿠[切腹=하라키리]가 진정 아름다울 수 있느냐는 것입니다. 자살에도 여러 가지 방법이 있는데 하필이면 생선 배 가르듯 내장이 드러나는 그 같은 것을 미화하고 의식화하는 것은 무엇 때문일까요? 문화는 삶을 위한 틀이며 본이지 결코 죽음이나 칼을 위한 것은 아닙니다. 분명히 본질적으로 칼의 문화, 죽음을 미화(기만)하는 문화는 존재할 수 없습니다. 그러나 그들은 그것을 믿고 있는지 아니면 방편상 강변하고 있는지, 예를 하나 들어보겠습니다. 아마 중일전쟁이 시작되었을 무렵인지 싶은데 총합국책입안(總合國策立案) 때 육군에서 발표한 소위 육군 팸플릿에 실린 글의 첫머리가 전쟁은 창조의 아버지요 문화의 어머니라는 문구였습니다. 그들은 진정 그것을 믿었는지 아니면 침략전쟁을 합리화하기 위해선지 잘 모르겠네요. 이것은 조약돌이 바위가 된다는 발상과 다르지 않습니다. 허위지요. 그러면 문인들의 자살 얘기로 돌아가서 미시마의 자살에는 노골적인 전통의 흔적이 있다 했지요? 아마 내 기억에는 배를 가르고 죽은 것으로 남아 있는데, 어쨌거나 칼은 생명을 끊는 것이 그 본질이나 인간에게 칼은 생활을 위한 기능적 일면도 있는 것이며 삶의 필연이 죽음일진대, 죽음의 미화를 우리는 어떻게 받아들여야 하는가, 정직하게 말하여 그 문제는 상당히 유혹적인 측면을 가지고 있습니다. 그렇다고 해서 문화라 할 수는 없습니다. 문화는 삶을 위해 있는 것이며 연속을 위한 노력의 산물이기도 하고요. 여기서는 우리는 눈에 보이지 않는 하나의 역학관계를 느낄 수가 있습니다. 반문화적 테두리 속에 갇혀진 예술가를 보게 되는 것이지요. 어느 땅에서든 반문화적인 억압을 받으며 그것과 마주하여 투쟁하는 것은, 억압의 힘이 어디서 오든, 또 강약이 어떠하든 투쟁 자체가 예술행위의 활력소가 되기도 했습니다. 문화 자체가 그렇고 창조자의 경우도 그러한데, 승리의 물결 패배의 물결을 넘으며 융성과 쇠퇴, 복고와 신생, 그러한 끊임없는 변화 속에서 시간을 질러왔고 역사는 이룩되었으며 정립할 것은 하고 버릴 것은 버리며 발자취를 남겨왔던 것입니다. 결국 절대적인 것에는 도달하지 못했으나 그 절대적 진리를 향해 몸부림치며 전진해 왔던 것입니다. 그것은 인류의 풍부한 경험이며 사고의 폭의 넓이였습니다. 그러나 일본의 특수성은 변화하지 않는다는 것이며 시초에서부터 지금까지 절대적인 가치관에 매달려 왔다는 점입니다. 사실 절대적이라는 그 자체가 기만이지요. 만세일계, 신도사상 그리고 칼, 본질적으로 그것이 허위이며 허위이기 때문에 내용이 공동상태로서 빈곤을 면치 못하였다 할수 있을 것입니다. 그들은 이웃에서 틀과 본을 빌려다가 내용을 채울 수밖에 없었겠지요. 그것은 이미 너무 상식적으로 알려진 사실이기 때문에 내 어릴 적에도 남의 흉내를 잘 낸다해서 일본을 원숭이라 했습니다. 결국 그들은 흉내에만 그치고 말았습니다. 그럴 수밖에 없는 것이 만세일계와 신도사상과 칼은 요지부동이었으니까 불교나 기독교·유교는 임기응변으로 걸친 의상에 불과했으니까요. 일본이 사상적 해방이될 수 있었던 기회가 두 번 있었다고 나는 생각합니다. 그러나 시마바라의 난 때 천주교도들을 모조리 불태워 죽였습니다. 또 한 번은 1920년대에서 30년대까지 전국의 사회주의가 만연하여 혁명의 가능성을 보였던 그 시기였는데 군벌들은 만주침략을 감행하면서 혁명적 분위기를 평정하고 말았습니다. 때때로 상황이야 어떻게 변하든 칼과 만세일계, 신도사상은 불가분의 관계였고, 칼은 만세일계를 수호하는 데 쓰여지기도 했으며 만세일계는 칼을 위하여 전시효과적인 존재이기도 했는데, 이 변하지 않는 세상에서 아마테라스오미카미[天照大神]의 도요아시하라[豊葦原]는 영원히 내 자손이 다스린다, 소위 상속권에 관한 신칙(神勅) 이외 아무것도 근거가 될 것이 없는 신도사상, 그리고 칼바람의 기억 속에서 백성이 이지러지지 않았다면 오히려 이상할 일이지요.

에도 시대에는 소시[草子]라 일컫는 일반 대중이 읽는 소설류의 책자가 엄청나게 많이 보급되어 있었습니다. 그것이 대개는 애욕과 복수와 괴기물이었는데 축소, 축소되어 가는 의식에 충격을 주는 유일한 통로가 아니었나 싶어요. 배설본능의 출구이기도 했을 것입니다. 1920년대 일본에서 유행한 말에 에로·구로(그로테스크)·난센스·애욕과 칼과 무의미, 그것은 칼의 세계에서는 필연적인 것으로 황무지와도 같은 의식을 여실하게 드러낸 말이었습니다. 감각만 살아나서, 마치 달팽이처럼 축소되고 밀폐된 채 끈적끈적한 점액을 남기며 기어다니는 이런 형국에 불어닥친 세계의 바람, 사회주의·민주주의·기독교사상, 온갖 주의 주장이 눈부시게 밀어닥친 근세는 일본 지식인 예술가에게 질풍과도 같고, 조그마한 통 속에서 광막한 벌판에 나온 느낌이었을 것입니다. 기능 면으로는 재빠르게 받아들여 전환할 수 있었겠지만 의식세계는 일대혼란이었을 것입니다. 우리나라만 하더라도 불교나 유교는 실험과 규명을 철저히 거쳤으며 이미 신라시대에 천문학을 시도했던 만큼 사상 면에서는 이미 열려져 있었다고 볼 수 있으나 일본으로 건너간 불교·유교는 그렇지 못했습니다. 체제가 그것을 받아들일 수 없었던 것입니다. 생각해 보세요. 간단하게 말을 하자면 불교의 자비, 유교의 인, 기독교의 사랑이 칼의 체제에서 받아들여질 수 있나요? 온갖 기능 면에서는 '서슴없이'가 아니라 훔쳐서라도 들여오는 일본이 가장 배타적이라는 이유가 거기에 있습니다. 결국 일본으로 건너간 불교·유교는 내용이 전혀 없는 신도의 보충 역할밖에 달리 할 방도가 없었던 것입니다. 해서 신불습합(神佛習合)이니 신유습합(神儒習合)이니, 실로 괴상한 모습으로 변하였던 것입니다. 일본에서는 외래의 종교사상이 그 나라 체제상 발을 붙일 수도 뿌리를 내릴 수도 없었던 거예요. 게다가 신도라는 것 자체가 텅 비어 있는 빈 상자였으니, 아니 그 속에 담겨져 있는 것은 터무니없는, '신국이다' '일본은 세계의 종주국이다' 따위의 허무맹랑한 것이었으니 사상 부재, 철학 부재의 모습일 수밖에 없지요. 따라서 도덕 부재를 수반하게 되는 것입니다. 예를 하나 들어보겠어요. 일본인들 마음속에 연인과 같이 사모의 대상이며 낭만적 존재로 남아 있는 인물 중의 한 사람이 미나모토 요시쓰네[源義經]인데 박명의 영웅으로 많이 전설화되어 있어요. 그가 우시와카마루[牛若丸]로 불리었던 소년시절 죽은 아버지를 위하여 원(願)을 세우는데 숫자는 기억나지 않지만 하여간 몇백 명을 죽이겠다는 원이었습니다. 밤에 다릿가에 나가서 지나가는 사람을 죽이는데 멋모르고 지나가던 시골사람도 있고 하여간 무작정 사람을 죽이는데 원을 세운 수의 마지막 나타난 것이 벤케이[辯慶]라는 괴승이었습니다. 그자가 또 중이면서 사람 죽이기를 밥 먹듯 하는데 결국 어떻게 어떻게 되어 벤케이는 요시쓰네의 수하가 되고 평생 요시쓰네를 수호하게 됩니다. 얘기의 골자는 주종 간의 의리, 소위 야쿠자의 의리 같은 것인데 중이 사람을 죽이고 미소년이 몇백 명의 죄 없는 사람을 죽이는데 도덕적인 문제는 완전히 도외시되고 사람들에게 널리 회자되어 박명의 영웅으로, 의리 있는 중으로 숭상되었습니다. 물론 만들어낸 얘기겠지만 사람을 많이 죽이는 무술가가 영웅이 되고 대중이 사모하는 대상이 되는 것이 일본의 풍속도인 것만은 사실입니다. 잔잔바라바라[11]라는 사무라이 영화가 일본인의 사랑을 받는 것도 바로 그 때문이지요. 그야말로 에로·구로·난센스지요.

받아들일 수 없는 국체와 질풍같이 밀려드는 외래사상 사이에서는 압사당한 것이 문인들의 자살이었습니다, 그렇게 말할 수 있을 것입니다. 그러나 또 한 면으로는 그들 자살자는 의식의 한계를 느꼈다고 볼 수도 있습니다. 좁은 정원에서 황막한 벌판으로 나온 미아였을 수도 있고 심오한 바다에서 헤엄칠 수 없어 익사했다고 볼 수도 있습니다. 감수성이 풍부

11 잔잔바라바라(ちゃんちゃんばらばら): 칼싸움 소리를 나타내는 의성어. 일본 무사계급의 구성원인 사무라이가 등장하는 활극 영화를 가리킴.

하고 예민하며 틀에서 빠져나가려고 몸부림치면 칠수록 뭔가 모르지만 본성으로 돌아가려고 초조하면 할수록 길은 아득했을 것입니다. 진정 그들을 위하여 애도하지 않을 수 없습니다.

진리는 아름답고 선하다 합니다. 아름다운 것은 진리이며 선하다, 선한 것은 진리이며 아름답다고도 합니다. 그러나 일본 문학의 탐미주의, 예술지상주의는 갇혀버린 사회에서 도피하는 하나의 수단으로 선함도 진실함도 결여되어 있고 오히려 사디즘과 마조히즘이 농후합니다. 하라키리[切服]도 사디즘과 마조히즘의 복합적인 것으로 보아야 합니다. 시간상 상세하게 강의할 수가 없으므로 한 작가와 그의 작품을 예로 들어 얘기하고 오늘 강의를 마치겠습니다.

자살한 일본작가 아쿠타가와의 초기 작품 「라쇼몬」은 이래저래 유명해진 소설인데 일본 문학의 특성을 논하기에 적합한 예의 하나로 꼽을 수 있습니다. 그리고 대단한 기교파인 아쿠타가와가 자살까지 가게 된 싹을 이미 간직했던 것이기도 합니다. 아귀(我鬼)라는 그이 호(號)에서 예술지상주의에 투신할 것을 작심한 만만찮은 의기를 엿볼 수도 있고, 그러나 그에게는 닫혀진 세계였으며 출구가 없었습니다. 예술지상을 직접 표현한 것에는 「지옥변」이란 것이 있습니다.

괴기와 탐미는 약간씩 다르지만 상통하는 점이 많습니다. 감각에 충격을 주는 것에서 그렇고 보편성과 휴머니티의 결

여, 윤리 부재, 반도덕적인 것에서도 공통점이 있습니다. 그리고 특이하지만 출구가 없는 것도 비슷합니다. 그것은 총괄적인 인간의 삶이 대상이기보다 심층에 깔려 있는 인간성의 한 부분, 그 의식을 끌어내어 그것을 대상으로 하기 때문입니다. 일본 문학의 주류를 이루는 것이 바로 그 같은 특이한 세계인데 일본 민족의 특성이기도 합니다. 로맨티시즘과도 무관하지 않고, 이런 것들이 통속으로 떨어지면 괴기는 괴담으로, 탐미는 외설로, 로맨티시즘은 센티멘털리즘이 되는 것입니다. 일본의 본격문학과 대중문학은 대체로 그 정도의 차이가 아닌가 싶습니다. 그 테두리에서 벗어나면 바람을 탑니다. 위축되기도 하고 고립되기도 하고 때론 살아남을 수도 없습니다. 일본에 많이 쓰는 말 중에 '스고이[凄い]'라는 것이 있습니다. 굉장하다는 감탄산데 사실 그 본뜻은 소름 끼치게 처참한 정경에 대한 것이었습니다. 그러나 훌륭하다든지 크다든지 호화스럽다든지 두루 쓰여지는 감탄사입니다. 굉장하다는 우리의 말에는 수치와 양감이 그 내용이지만 스고이는 정경을 나타내는 것입니다. 일본도의 푸른 칼날의 번득임, 피가 뚝뚝 떨어지는 살덩어리, 괴기적 감각의 표현이지요. 그 표현이 수치적인 것, 양적인 것에도 쓰여지는 것입니다. 특이하다는 것은 보편적인 것에 비하여 편협하다는 의미와는 다르게, 그 세계가 좁은 것은 사실입니다. 일본 문학 중에는 구성이 치밀하고 뛰어난 묘사력, 세련된 문장 등 우수한 작품이 있으나 대개는 주제가 약합니다. 그것은 일본 문화의 전반적인 경향

이 아닌가 싶어요. 추리소설가 에도가와 란포의 작품세계는 탐미와 괴기가 혼합되어 있습니다. 그것은 추리소설이기보다 사실은 엽기소설이라 해야 옳겠지요. 맹인이 미녀를 납치하여 감각의 세계에 탐닉하다가 극치감 속에서 미녀를 살해하는 그런 비정의 탐미를 에도가와는 사랑의 극치로 강변하고 있는데, 여담이지만 일본인들은 사랑과 치정의 구별이 별로 없는 것 같아요. 일종의 통속작가로 볼 수 있는 에도가와의 세계와 예술지상이라는 명제하의 아쿠타가와, 그의 「지옥변」은 상당히 상통하는 점이 있었습니다. 줄거리를 말하자면 괴팍하나 천재적인 노화사(老畵師)가 병풍을 그리라는 영주의 명을 받고 쾌히 응하지 않다가 화염에 휩싸여 타 죽는 미녀를 그릴 것을 작심하고 여자가 타 죽는 것을 실연(實演)해 달라고 영주에게 요구합니다. 영주는 고분고분하지 않은 그를 골탕먹이기 위해 마침 영주의 시녀로 있는 노화사의 외동딸을 내어놓게 됩니다. 화염에 휩싸여 광란하는 딸을 노화사는 예술적 감흥, 황홀경에 미친 듯이 그림을 그려 처절한 지옥도를 완성합니다. 노화사는 결국 목을 매고 죽는다는 것인데, 괴기와 탐미의 혼합에다 예술지상의 의지를 투영하고 있는 소설입니다.

「라쇼몬」은 괴기스러움을 소도구로, 배경으로 하면서 노파와 하인, 두 삶의 단면을 포착하고 있습니다. 그 두 삶의 순간은 다 같이 출구가 없습니다. 동물적인 것과 비인간적인, 냉담한 자기변명의 모습을 극명하게 표출한 작품인데 비정에 대하여 그야말로 아귀(我鬼)라는 호에 걸맞게 작가 자신은 말이 없습니다. 『곤자쿠모노가타리』에서 소재를 얻어 온 「라쇼몬」의 줄거리는 흉년이 들어서 황폐한 성내(城內)에서 갈 곳도 없고 아사를 기다릴밖에 없는 하인 하나가 방황하다가 라쇼몬 밑에서 잠시 비를 피하고 있었는데 라쇼몬 누상에는 아사자의 시체가 흩어져 있었습니다. 하인은 그 누상에서 시체의 머리털을 뽑고 있는 귀신 같은 노파를 보게 되는데 털을 뽑아 가발을 만든다, 그렇게 하지 않으면 나는 굶어 죽게 되고 죽은 이 여자 역시 나 같은 짓을 하고 살았다, 노파의 말이었습니다. 하인은 정말 그렇느냐고 되묻고 나서 재빠르게 노파의 옷을 벗깁니다. 하인은 노파의 옷을 들고 누상에서 뛰어내려 달아나면서 이렇게 하지 않으면 나도 굶어 죽는다, 하고 사라지는 것입니다. 「라쇼몬」 생각을 할 때 나는 『삼국유사』의 「정수사구빙녀」를 떠올리게 됩니다. 눈은 쌓이고 날은 저무는데 중 정수가 삼랑사(三郎寺)에서 돌아오는 길에 천암사(天巖寺) 문밖을 지나려 하는데 한 여자 거지가 애를 낳고 누워 있습니다. 그냥 두게 되면 얼어 죽기 십상이라 정수는 따듯한 자기 체온으로 여자를 안아주니 얼마 뒤에 깨어났는데 정수는 제 옷을 벗어 여자에게 덮어주고 알몸으로 뛰어서 본사로 돌아와 볏짚으로 몸을 덮고 밤을 지새운다는 얘깁니다. 중 정수가 벌거벗고 본사까지 달려가는 모습이 눈앞에 선하여 빙녀의 비극보다 오히려 희극의 느낌이 먼저 들며 웃음이 나오는데 「라쇼몬」이나 「지옥변」에는 따듯함, 희극적 묘사가 전혀 없지만 그렇다고 해서 비극으로도 느껴지지 않는 이유는 무엇일까요? 그것은 작가의 눈이 차갑고 치밀한 계산 때문이 아닐까요? 예술지상에 헌신한 노화사가 자살했듯이 예술지상주의 아쿠타가와도 그 닫혀진 세계에서 자살하지 않을 수 없었을 것입니다.「라쇼몬」을 쓴 뒤, 훨씬 훗날에 죽었지만 이미「라쇼몬」에서 죽음에 이를 싹이 있었던 것입니다.

　모든 생명은 태어난 이상 살아야 합니다. 그러나 살기 위한 모든 조건이 허용돼 있는 것은 아닙니다. 삶과의 투쟁, 삶의 인식, 삶의 조화, 엄청나게 거대하고 신묘한 삶, 그 본질에 예술은 군림하는 것이 아닙니다. 물론 문학을 하는 입장이 각기 다를 수도 있습니다만 어떤 경우에도 의미는 부여되어야 합니다. 언제였는지 일본인의 저축열에 대한 기사를 읽은 적이 있습니다. 그 기사를 읽었을 때 일본인은 저금통장을 위하여 세상에 태어난 것처럼 느껴졌습니다. 사람은 결코 저금통장을 위해 태어나지는 않았습니다. 살기 위해 태어난 것입니다. 사는 데 필요하기 때문에 저금통장이 필요한 것이지 저금통장을 위해 삶이 있는 것은 아닙니다. 아쿠타가와의 예술지상주의가 만일 저금통장을 위한 삶 같은 것이라면 그것은 전적으로 허위인 것입니다. 착각이거나 아쿠타가와뿐만 아니라 일본인의 의식구조는 반생명적인 경향이 농후하며 그것이 체제에서 굳어져 버린 것이고 보면 분재와도 같이, 축소되고 불구적인 정신세계를 떠나기 위해서는 스스로가 국체를 부정하고 진실에 접근해야 할 것입니다. 일본은, 일본 국민은 용궁에 갔다가 상자 하나를 얻어서 돌아온 어부 우라시마 타로가 그 상자를 여는 순간 백발의 노인이 되었다는 전설, 그상자를 여는 것을 두려워하고 있습니다. 백발을 두려워하듯이 말입니다. 그러나 백발 다음에 신생이 있다는 것을 인식해야 하며, 물질을 마음대로 그들 손끝에서 움직이고 있는데 정신은 여전히 움직이려 하지 않는 것 같습니다. 과거 소설가였고 현재는 국회의원인지 그런 사람이 외국 기자와의 인터뷰에서 남경학살 사건을 당당하게 부인했습니다. 제 나라 안에 그 증거물이 쌓여 있는데도 말입니다. 그것이 애국애족이라 믿는 지성은 아직도 일본에는 수두룩합니다. 맑은 물줄기의 깨끗한 지성이 설 자리가 없는 것도 오늘의 일본의 현실이지요. 남에게 피해를 주고 안 주고의 문제를 떠나 인류라는 차원, 내가 인간이라는 자리에서 그 음습하고 아무것도 없는 일본주의 사상에서 떠나야 할 것입니다. 일본인의 특성의 하나인 결벽증은 넓고 깊은 곳에 스며들어야 하며 또 떠올라야 할 것입니다. 물론 우리들에게도 그들 이상의 문제가 많습니다마는 그 많은 문제가 일본으로 말미암은 부분이 대다수를 점하고 있습니다.

사실 일본과 일본 문학에 대하여 이야기했지만 주마간산 같은 것이고 아쿠타가와 한 사람으로 일본 문학을 다 이해한다 할 수도 없지요. 일본 체제에 대하여 치열하게 싸우다가 좌절한 문인들도 부지기수니까요. 이 짧은 시간에 수렴할 수 있는 무리를 감행한 것은 내 나름의 생각이 있었던 것입니다.

후일 일본론을 쓸 생각입니다마는 너무나 학생들은 일본을 모르고 있는 것이 안타까웠고 사회 자체도 일본의 정체에 무관심하며 또는 일본을 모범으로 생각하는 부류의 확대되는 양상을 보며 걱정을 한 나머지 나로서는 이나마도 성급하게 엉성하나마 말하지 않을 수가 없었습니다. 물론 학생들이 일본을 모른다는 것이 학생들의 잘못은 아닙니다마는 마지막 꼭 해두고 싶은 말은 결코 일본을 모델로 삼지 말라는 것입니다.

4. Q씨에게─신기루 같은 것일까

　근원적으로 인생이 부정적이라는 것과 관련이 있겠습니다
만 근원적으론 문학 자체도 부정적이며 또 부정될 것이란 생
각이 그동안 내 주변에서 머뭇머뭇하더니 요즘엔 꽤 끈덕지
게 접근해 오고 있습니다. 더운 날씨에 뭐 그리 복잡한 생각
을 하느냐, Q씨께선 그러실 것만 같아요. 선풍기를 틀어놓고
다리 하나가 부러진 돋보기나마 쓰고, 먼지가 뿌옇게 앉은 책
장에서 아무거나 한 권 뽑아 읽어보는 게 어떻겠느냐, 홍수
가 쓸고 지나간 바닥처럼 상처투성이의 돌멩이와 하얀 모래
만 깔려 있는 것 같은 그렇게 척박해진 요즘 세상, 마음에 시
비(施肥)하는 뜻으로. 사람이 몇백 년을 사는 것도 아닌데 가
파롭게 생각할 것도 가파롭게 살 것도 없다. 그렇게 말씀하실
것도 같구요.

흔히 사람들은 관조의 상태를 이상적으로 말하곤 합니다. 인격의 완성으로도 보고 예술에 있어서는 지극히 지적인 객관성을 의미하기도 합니다. 그러나 나는 때때로, 관조를 중용과 마찬가지로 형식적 혹은 인위적인 것, 더욱 깊이로는 이기적이다 하는 생각을 할 때가 있습니다. 더욱 깊이로는, 이 말에 오해가 없으시기를, 관조의 세계가 지닌 깊이 그 자체의 이야긴 아닌 거예요. 인간에게, 보다는 개개인에게 관조가 어떻게 받아들여지고 있는지, 극언한다면 어떻게 이용되고 있는지, 그 받아들여짐에 있어서의 애매함을 찔러보는 기분의 말이었다 할 수 있을 것 같습니다. 소수점을 찍어나가다가 끝이 없을 때 사사오입(四捨五入)으로 처리해 버리는 식의 관조, 그것은 어떤 뜻에선 명경지수와도 같이 안명(安命)에의 지혜일 수도 있겠으나 편리주의일 수도 있는 것 같아요. 이렇게 말하니까 있음 직한 충고를, 그 온당함을 곡해하여 공연히 트집을 부리는 것 같기도 합니다만 그렇지는 않아요. 진실의 입장에서 인생을 부정적으로 본다면, 또 부정적 그 자체를 의문으로 본다면 신성불가침이란 없는 것이 아니겠어요? 적어도 사람의 일에 한해서는. 사실 지혜로움이란 비단 사람에게뿐만 아니라 모든 생물의 삶을 비춰주는 등불인 것은 말할 나위가 없고 따라서 편리주의도 지혜의 산물인 이상 부인할 이유가 없는 거지요. 다만 초목이나 금수하고는 달라서 사람들은 그런 것에 의미를 부여하고 정의를 내리기 때문에 소위 사사오입의 처리, 교활한 안명, 거룩한 관조에의 도피, 혹은 위장도 있을 수 있다는 얘기겠습니다.

　문제 하나를 내동댕이쳐 놓고 한눈을 팔았습니다. 그러면 근원적으론 문학 자체는 부정적이며 또 부정될 것이라는 생각이 무엇에서 연유되었는지, 하지만 보다 그 생각을 추적해 보면은 상당히 오랜 옛날부터 내 머릿속을 맴돌고 있었던 일이 아니었던가 싶습니다. 그러나 지금은 그 생각이 숙제로 의식되거나 고통스러운 벽으로 느껴지지는 않아요. 수수방관하여 부침(浮沈)하는 사고(思考)를 바라보고 있는 그런 기분이라고나 할까요.

　사고라는 얘기가 나왔으니 말입니다만 대개의 경우 사고란 불쑥 찾아온 손님같이 개의함이 없고 자의(恣意)의 방자함이 있는 것 같아요. 찾아와 주어서 기쁜 손님, 찾아와 주어서 괴로운 손님, 찾아오게 된 필연은 물론 있을 테지요만 주인의 의도와는 상관없이, 여하튼 마주하게 되는 것인데 이 밖에도 만나고 싶어 초대하는 손님이 있을 것이요, 찾아오겠다는 것을 거절하는 손님이 있는가 하면 거절을 했는데 기여 찾아오는 경우와 초대를 했는데 아니 오는 경우도 있을 것입니다. 그러고 보니 세사(世事)처럼 사고라는 것도 꽤나 귀거래(歸去來)가 번잡하네요. 그리고 한편 영혼의 공간은 무한대한 우주 같기도 하고 사고는 무수한 별 같기도 하구요. 한데도 말입니다. 개의치 않고 방자하다 했는데 사고란 참말이지 변화무쌍하여 임자에게 순명 아니하는 경우가 더 많은가 봐요. 아무것도 아닌 것을 가지고 왜 그리 집요하게 뒷받침을 해나가는가,

지겨운 생각도 드시겠습니다만, Q씨, 실은 생각이 둑에 걸린 물줄기처럼 맴돌고 있는 데는 그럴 만한 이유가 있었습니다. 일 년 전이었던지 모 신문에 실렸던 잡문 속에서 발견한 사고의 강요라는 말 때문인데 그 말이 늘 불쾌하게 상기되곤 해서 말입니다. 글 쓴 분은 우정 있는 해명 같은 것을 의도했을 듯 생각되고 사고의 강요라는 말도 어떤 서슬엔가 불쑥 나와버린 과잉 표현이었을 것이란 생각을 안 해본 것은 아닙니다만 상대가 문학 평론하는 분인 만큼 무언지 간과할 수 없는 것을 느꼈습니다. 우정 있는 해명이라는 말에도 설명이 있어야겠지만 기여 필요한 것도 아니고 글의 내용인즉 작가에게 글을 쓰게 하는 채찍질의 선의를 설명하려 한 것인데 한 작가에게 사고를 강요한다, 사고하게 한다는 말에까지 발전했던 것입니다. 과연 어느 누가 타인의 사고를 강요할 수 있을 것인가.

일찍이 저 유명한 이집트 사막의 피라미드, 중국 변방의 만리장성을 두고 사람들은 인류문화의 측면에서 자주 거론했으며 인간의 무한한 가능성을 얘기할 적에도 그것들을 끌어내곤 합니다. 당시 공사장에 개미 떼 같았을 노예나 역군들은 그야말로 개미 떼처럼 사라지고 없지만 거대한 군주들의 묘혈과 성벽은 태산같이 존재해 있으니, 찬연한 그 위용 앞에서 개미들의 사고, 사고의 강요 따위가 무어 그리 대수겠습니까. 역학적 에너지가 지닌 비정(非情) 앞에선 그야말로 한 마리의 개미인 것을. 불교문화의 신라 유물과 비잔틴 또는 로마네스크의 장엄한 사원들에서 개성을 필요로 하는 창조의 특성을 보게 되는데 그런 것들을 종교가 지배적이던 당시 권력에 의하여 공인(工人)들이 사고를 강요당함으로써 이룩할 수 있었던 역사의 유물로 Q씨는 생각하시나요? 고려의 청자 이조 백자의 절묘한 공예품을 만든 분원의 도공들 역시, 그 도공들은 왕가와 반가의 생활을 꾸미기 위한 분부를 받자옵고 맹목적으로 복종할밖에 없던 노예근성이 그처럼 청아하고 기품 있는 자기를 만들었다 할 수는 없지 않을까요. 칼로써 백성을 다스렸던 일본의 전국시대와 도쿠가와막부 시대(德川幕府時代), 악명 높은 침략전 임진왜란을 그네들 풍류인들은 말하여 다완전쟁(茶碗戰爭)이라나요? 그런 만큼 수요가 많았다 할 수 있겠고 명품에 대하여는 미치듯이 집착했었던 그네들 나라에선 지엄한 분부가 별 무효력이던지 아름다움의 비밀을 알지 못한 것 같았습니다. 해서 다완전쟁이라는 말도 생기게 됐을 것이며 우리의 도공들을 도망길에도 끌고 갔으니까 말이에요. 자기 얘기가 나오니까 또 생각나는 일이 있습니다. 이제는 진력이 아니라 화가 나세요? 빌어먹을, 게걸음이라면 옆걸음으로나 따라가지 곡마단의 공중그네도 아니겠고 무슨 놈의 의식의 흐름의 소설인가? 하시겠어요. 아닌 게 아니라 그렇군요. 나비를 잡으려고 잠자리채를 든 아이가 들판으로 나갔는데 여치가 있어서 여치 한 마리 잡고 또랑물이 맑아서 주질러앉은 채 올챙이 헤엄질 구경하고 하늘의 구름 가는 곳 올려다보고 꽃을 꺾고 뻐꾸기 울음 따라 숲속에도 가보고 산앵두도 따 먹고, 글쎄요, 나비를 잡을 수 있을는지 모르겠네요. 하여간 생각이 가는 곳으로 한번 따라가 봅시다. 각설하고, 여러 해 전의 일입니다만 K대학에 강연차 내려가는 기차 속에서 동행인 S선생하고 잡담 끝에 도자기에 관한 얘기가 나왔어요. 도공(陶工)이란 본래 세습하는 처지여서 타고난 재능에는 상관없이 업으로 종사하게 되고 봉건사회에선 천업이던 만큼 무식할밖에 없는데 그런 치졸한 사고력으로 격조 높은 자기를 어떻게 만들 수 있었는지, 과연 그들은 미의식(美意識)에 의하여 그릇을 만들었는지 이해하기 어렵다는 대화의 내용이었어요. 재능이란 선택하는 것이며 무식해서는 창조에 필요로 하는 감성의 훈련, 섬세한 감각 같은 것을 바라기 어려운 것이 사실입니다. 그때 나는 이런 생각을 했어요. 수많은 도공들이 가마와 더불어 생애를 보냈다 하여 모두가 다 기막힌 자기를 구워냈던 것은 아니지 않느냐고. 옹기장이로밖에 더는 능력이 없었던 장인바치가 대부분이었을 것 같아요. 그러나 할아버지로부터 아버지로 아들에서 손자 그렇게 면면히 이어 내려오는 동안 더러는 변종(變種)도 생겼으리라는 상상은 할 수 있습니다. 풍부한 감성과 예민한 감수성, 의지적인 균형과 그런 개성이 강한 인물이 세습되어 온 기량을 익히게 되면은 기술을 뛰어넘는 독창적인 것을 만들게 되는 것이다 하고 생각했지요. 다 같은 기술로 항아리를 빚어 구워내어도 항아리는 다 같지 아니하며 빚는 사람의 마음도 같지 않을 것이니 말입니다. 이른바 천재라 할 수 있는 인자(因子)는 어느 부류에서든 소수는 있게 마련 아니겠어요? 마음과 기량

그러나 그것만으론 안 될 것 같아요. 미(美)의 비밀은 대상 속에 있는 것이기 때문에. 이들의 대상은 무엇이었을까. 자연이었을 거예요. 네, 자연 말입니다. 그들이야말로 창조의 순수한 원형, 가장 하나님을 가까이 닮으려는 사람들이 아니었던가 싶네요. 이기(利己)와 교활과 합리화와 한계와 그리고 모호한 결론, 그런 속성을 지닌 지식에 오염되지 않았고 인가(人家) 먼 분원에서 떠내려가는 구름 보며 산을 보며 자연의 이치를 생각하며 그래서 어느 순간 문득문득 마음에 잡히는 가장 완벽한 선이며 편안한 공간이며 그런 것을 흙으로 빚어보는 거지요. 네, 이들은 하나님이 만든 자연 속에서 미의 비밀을 찾았을 거예요. 직감적인 선과 조형을 주저 없이 청량하게 이루어나갔을 거예요. 다음은 일본의 도예 전문지에서 읽은 하야시야 세이조(林屋晴三)라는 사람의 글 내용입니다. 그는 첫째로 정호(井戸) 둘째로 낙(樂)이라 했습니다. 정호가 이조 자기인 다완(茶碗)이며 낙(樂)이란 일본 도공이 만든 다완이니까 이 순위는 정당한 것이겠습니다. 그러나 그 일본인은 소위 그들 문화의 특질인 와비[佗]와 사비[寂]라는 미의식을 갖지 않은 이조의 무명 도공이 만든 다완을 일본의 와비와 사비의 미의식을 가진 다인(茶人)이 선택한 데서 그 그릇의 본질이 빛날 수 있었다는 그런 뜻의 말을 했는데 그것까지는 괜찮지만 이조의 자기를 두고 무의식 속에 만들어진 아름다움이며 일본의 낙다완(樂茶碗)은 의식 속에서 자라난 아름다움의 표현이라 했습니다. 듣기에 따라서 칭찬 같기도 하고 헐뜯는다고도 할 수 있으나 전적으로 그것은 틀린 말입니다. 무의식의 소산이라면 우연의 소산이라 할 수도 있으니까요. 창조에 있어서 무의식이란 있을 수 없습니다. 하야시야 씨는 무의식의 소산이란 자신의 말을 뒤에서는 뒤집어버리고 말았는데 정호다완의 형태 설명에서 그랬지요. 그의 설명에 의하면 천천히 넓혀져 가는 그릇의 그 넓이는 안으로 향하려는 힘과 밖으로 뻗어나가려는 힘이 끊임없이 균형과 한계를 유지하고 있다 했고 파탄은 없으나 기술적인 범위 내에서 섬세하고 부드럽게 만들어진 일본의 낙다완은 자연스럽고 힘차고 양감(量感)이 충일된 정호다완을 따르지 못한다 했습니다. 이 설명에서도 우리는 이조 자기가 무의식에서 만들어진 것이 아닌 것을 확인할 수 있지요. 칼로써 백성을 다스리던 그 시대의 성급한 일본의 세태를 생각한다면, 인가(人家) 먼 분원에서 자연을 스승 삼은 이조 도공을 생각한다면 양쪽 자기의 차이점 설명은 다 된 거 아니겠습니까.

자, 그러면 Q씨, 이들은 왕가(王家)나 귀족들의 분부받자옵고 사고를 강요당하면서 그릇을 빚었을 리 없지 않습니까. 몸은 비록 세습적 업(業)에 얽매였고 천한 신분이었다 할지라도 오늘날 우리가 접하게 되는 문화적 유산 속에서 옛날 공인들의 영혼의 자유를 보게 되는 것입니다.

인류의 거대한 유물인 만리장성과 피라미드를 이룩해 놓은 숱한 노예나 역군들이 무서운 채찍 밑에서 피를 흘렸고 육신이 무거운 석재에 깔리면서도 보행하지 않으면 안 되었던 강요는 그 잔인함으로 하여 역사(役事)를 끝낼 수 있었고 오늘날에 이르도록 인간능력의 무한함을 찬양하는 금자탑이 되었을지언정 또 무수한 생명이 개미처럼 파리처럼 죽어갔을지언정 결코 사고만은 강요하거나 강요당하지는 않았을 것입니다. 강요당하였다 한다면 그 이상의 잔학은 없을 것입니다. 많은 예술가들이 걸어간 발자취를 보건대 영혼의 자유를 지키기 위한 핏자국을 느낄 수 있고 자신에게 때때로 순명을 거부하는 사고에 대한 고통을 엿볼 수 있었습니다. 그것은 참으로 예술가의 고뇌이기도 하려니와 인간적인 고뇌이기도 했을 것입니다. 우리의 슬기로웠던 도공들이 그가 설 수 있었던 자리에서, 그 좁은 자리에서 강요당하지 않는 사고의 영역이 얼마나 무한대였는가. 좁은 자리와 무한대한 공간과 그 불균형의 슬픔은 또한 예술에의 자양이 되었을 것이며 사원(寺院)의 높은 도움과 도움을 향해 괴로운 육신의 고통을 감내하면서 어느 누구에게도 침범당하지 않고 명령을 아니 받는 창조의 엄숙한 순간순간을 살았던 미켈란젤로며 가난과 불우와 세인의 몰이해, 냉대, 그리고 갈 곳조차 없었던 고흐가 가난과 냉대와 갈 곳조차 없는 상황보다 두려워한 것은 자기 영혼의 침입자들 아니었을까요. 서구파들의 집요하고 잔인한 공격 속에서 스스로 소외되어 슬라브주의의 보루가 되었으며 그 무궁무진한 사고의 난무 속에서 작가의 승리를 거둔 도스토옙스키, 사랑하는 여인과도 결별하고 영혼의 자유, 즉 창작행위를 택하여 떠나고, 끝없는 방랑 끝에 요절하였던 토머스

울프. 궁극적으로 어딘지를 떠나가야 하는 자신이나 대상도 신기루 같은 것이겠지만 대상을 향해 기약도 끝도 없이 걸어갔던 사람들, 결코 사사오입의 인생을 살지 않았을뿐더러 내부에서 가장 치열한 사고의 반란을 겪었던 사람들. 이 무더운 여름밤에 거듭 참회하는 심정이군요.

　사고의 강요라는 것은 실상 말로 그치는 것이며 가능치도 않은 일이겠습니다만 말만으로도 횡포라 느끼게 되는 것은 오늘 우리 주변에 그런 오해가 있기 때문인 것 같습니다. 비인간(非人間)을 향해, 절망적이며 위험한 미래를 향해 진군하는 나팔 소리를 듣는 것 같은 기분 때문인 것 같습니다. 끔찍스러운 기분, 그 끔찍스러움조차 깨닫지 못하는 그야말로 사고의 고갈 상태는 어처구니없는 역설입니다. 오늘에 떠받쳐지고 있는 사회와 호사의 물질생활 또 감정생활이 잉여의 행복을 대변해 주고 인생은 긍정적인 것임을 입증해 준다 하더라도 먼지가 아닌 플라스틱의 때가 곳곳에 끼어 있는 두뇌의 조직이 수자와 기계로 정밀화되어 간다는 생각을 하면은 긍정 자체에서 나는 일종의 종말감을 느끼게 됩니다. 문학이 부정적이며 부정될 것이라는 작금의 내 생각에는 두 가지 측면이 있습니다. 하나는 인생 자체와 더불어 대상이 신기루라는 데 걸려 있고 또 하나는 미래에 있을 것으로 예상을 하고 있는 인간의 기계화, 즉 기계에 의하여 인간의 두뇌 개조의 가능성, 기계 조정에 따라 인간의 사고도 조종할 수 있다는 이야기들, 가공할 만한 소설 『1984』의 주인공, 이런 일련의 예상이 문학의 존재 가치의 부정을 더불어 예견할 수 있게 하기 때문입니다. 네, 사고의 강요는 강요당할 때, 강요당할 순간 이미 비인간 로보트로 떨어질 것이요, 사고의 시비 자체가 무의미해지는 것이 아니겠습니까. 인간이 인간인 이상, 비인간이 아닌 이상 어떠한 독재자도 결코 사람의 사고까지는 강요하지를 못했습니다. 물론 행동의 강요, 행동의 획일성의 가능 속에서 스스로 옳다는 신념의 행동이 있을 수 있을 것이며 행동이 동일하다 하여 신념도 사고도 동일하게 복종하지 못하는 고통이 대부분 아니었을까요.

궁극적으로 부정이며 내던져지고 거두어지는 우리의 삶이, 그렇더라도 혼신의 힘으로 긍정을 향해 제자리걸음이라도 해야 하는 것은 그 과정이 희열이며 고통이며 삶 자체이기 때문에, 고뇌가 크면 클수록 우리는 비인간이 아닌 인간을 실감하게 되는 것이 아니겠습니까. 사고가 강요당하는 순간부터 우리는 인간이 아니게 될 것입니다. 모든 창조는 부정될 것입니다. 영구불멸의 기적을 이룩하였다 한들 사고가 조종되는 곳에선 생명은 존재치 않을 것입니다. 내던져지지도 않고 거두어들이지도 않는 그곳에는 죽음이 혹은 암석의 비정이 남아 있을 뿐입니다. 궁극적인 면에서 부정적인 편을 원한다 한다면 너무 극단적이라고 속단하실지 모르지만, 그러나 Q씨, 미래를 예상하여 문학이 부정될 것이라는 것만은 진실로 기우에 그칠 것을 바랍니다.

이삼 년 동안 나는 우리 뒷동산에 계단을 하나씩 하나씩 쌓아 올리는 일을 계속하여 육십오 계단이라는 꼬불꼬불 계단이 만들어졌습니다. 비록 만리장성은 아닐지라도 내 손자가 오르내리는 기쁨의 자리가 되었고, 오른다는 것 무한히 오른다는 것 무한히 간다는 것…… 나는 그 계단을 끝내고서 생각했습니다. 마지막 계단 위에 산이 계속되고 또 울타리가 없다면 계단은 계속하여 쌓아 올려졌을 거라고. 그리고 시시포스의 바위를 생각했지요. 부정적, 근원적으로 부정적인 인생과 문학 행위. 아마도 긍정적이었다면 갈 길은 없었을 것이요, 배불리 먹고 눈물이 없고 죽음도 없고 사랑도 없고 존재뿐인 삶은 비인간 로보트가 아니겠습니까.

5. 다시 Q씨에게—망상의 끝

　안녕하세요, Q씨. 세상은 어수선하고 어지러워서 앞이 보이지 않는데 벌써 봄이네요. 그런데 왜 그런지 모르겠습니다. 노쇠한 봄이 지팡이를 짚고 흐느적흐느적거리며 찾아온 것 같은 느낌이 듭니다. 만물이 소생하는 계절을 봄이라고들 합니다만, 마른나무에 움이 트고 풀이 돋아나는 것을 보면 소생의 계절이 틀림없겠는데, 글쎄요, 그 말이 어째 이렇게도 낯선 건지, 공허하게 울립니다. 물질 만능을 신봉하는 현대의 식자들은 음풍농월(吟風弄月)의 옛 시인들을 꽤나 비웃고 비판했습니다. 하지만 요즈막에는 음풍농월할 자연도 없고 그럴 시간도 없습니다. 그럼에도 굿한 뒤 날장구 치듯 희망찬 소생의 계절 어쩌고 한다면 멋쩍은 일일 거예요. 그리고 너무 낡았지요.

　가속이 붙어서인지 순식간에 모든 것이 낡아버리는 현실

에서 사실 글을 쓴다는 것도 무섭습니다. 말이란 말은 시시각각 실상과 멀어져서 퇴물이 되어가니, 생각해 보십시오. 지금 대학을 상아탑이니 진리의 전당이니, 그런 말 쓰는 학생이 있습니까. 혹 그런 말 하는 학생이 있다면 그는 촌놈일 테고 혹 그런 말로 훈시하는 총장이 계시다면 양의 가죽을 쓴 이리지요. 교육이라는 말 자체가 낡고 낡아서 맨살이 드러나 보기에도 민망한데 왜 그 옷을 못 벗는지, 위선이 딱하기만 합니다. 이와 같은 언어의 괴리 현상은 사회 전반에 걸쳐 가치기준이 무너진 데서 나타나는 것이며, 한계가 없고 분명한 것이 없어지고 인류가 어디를 향해 가고 있는지, 맹목적인 경쟁 전진이 있을 뿐, 너무나 막막합니다. 이러한 혼돈 속에서 사람들의 감성은 쇠퇴해 가고 감각만 유별나게 빛나게 됩니다. 그게 참 흉물스럽더군요. 감각적인 것을 찾아 헤매는 군상들, 사고는 없고 오관만 작동하는 퇴영적 인간상, 연상되는 것이 있습니다. 뱀입니다. 이 땅에서 뱀의 씨가 말라간다는 것은 주지의 사실이지만 덩어리 덩어리로 얽혀 꿈틀거리는 뱀들을 외국에서 들여오는 끔찍스러운 광경이 떠오릅니다. 개구리며 까마귀며, 그 흔하던 참새들은 다 어디로 갔을까요. 산이란 산에는 무시무시한 덫이 깔려 짐승들의 울음이 하늘에 사무치고 터전을 빼앗긴 동식물은 굶주려 죽고 있습니다. 수만 마리 물고기가 떼죽음을 당하여 강가에 밀려와 썩어가는 것도 흔한 일이 되었습니다. 예를 들자면 한이 없고 이미 다반사가 되어 사람들은 충격을 받는 것 같지도 않더군요. 이와 같이 황폐한 영혼의 터전에서 시인은 무엇을 어떻게 노래하는 걸까요. 소생의 계절이 아직도 시인의 가슴을 설레게 하는지요.

도대체 문학은 무엇이냐, 맨정신으로 묻는 것도 쑥스러운 노릇이나 문학은 미(美)를 추구하는 것이다, 하는 것도 상투적인 정의겠습니다만, 인생은 꾸미는 것이 아니며 존재하는 것입니다. 인생은 아름다움에 취해 있는 것이 아니며 보다 고통스럽게 무량한 우주의 비밀을 헤치고 나가는 과정이라 생각합니다. 진실에 대한 끊임없는 물음과 생명에 대한 자비, 혹은 연민이 핵이 되는 선성(善性)의 추구 없는 아름다움이란 종이꽃과도 같은 것이 아닐까요. 따라서 유미주의(唯美主義) 또는 탐미주의는 쾌락주의와 상통하는 일종의 허상으로 생각할 수도 있겠습니다. 탐미주의와 쾌락주의는 특히 일본 문학의 전통입니다. 말을 하다 보니 갑자기 생각나는 일이 있군요. 이 글과 관련이 없는 것도 아니어서 잠시 언급하고 넘어가겠습니다. 그러니까 작년의 일인지, 어디서 보았는지, 글쓴이의 이름조차 기억나지 않지만 어떤 분이 나를 비난한 글이 떠올랐습니다. 죄송합니다 Q씨, 기억이 왜 이렇게 흐릿한지 한심스럽군요. 하기는 이런 증상이 어제오늘 시작된 것은 아닙니다. 어릴 적에도 건망증이 심했으니까요. 이건 여담이지만 기억이나 생각도 용량이 많아지면 자연스럽게 불필요한 부분은 밖으로 내보내어 잊게 하는 것이 사람들의 두뇌 구조가 아닌가, 그런 생각이 듭니다. 말하자면 『토지』를 쓴 후유증이라고나 할까요? 요즘도 일상이 단순하지 않아서 생략 없이는 도저히 견디어 배길 수가 없습니다. 어쨌거나, 비난하는 글의 골자는 일본 문화의 특징을 에로, 구로, 난센스, 다시 말하자면 에로티시즘과 그로테스크, 난센스인데 그것으로 규정한 나의 견해에 대한 반박인 것 같았습니다. 그러나 그것은 내 견해이기 전에 어떤 양식 있는 일본인의 말인 듯싶어요. 만주사변이 있기 전, 1925년을 전후하여 일본 사회에 퇴폐풍조가 만연했을 때 매스컴에 등장했던 것이 그 말이었습니다. 물론 나는 동감했습니다. 왜 동감했느냐, 비난은 그렇게 돼야 옳습니다. 그러나 당시뿐만 아니라 일관된 일본 문화의 전통으로 오늘도 건재해 있다는 것을, 말을 누가 시작했건 내 인식은 그렇습니다. 피와 칼의 역사, 폐쇄되고 고립된 공간에서 간신히 수혈된 해외 문화는 그나마 만세일계라는 체제에 맞게 변조되어 종교든 철학이든 또 사상이 진실의 추구라는 방향을 잡지 못했고 황당한 신국사상을 만들어냈는데, 과학기술이 최첨단으로 달리는 오늘의 위치에서도 일본은 여전히 신국 운운하는 것을 보면 진실, 진리라는 부분이 공동으로 남아 있는 것을 알 수 있습니다. 아무리 물질이 풍요하고 기술이 상승한다 하더라도 인간, 또는 생명의 본질적 탐구 없이는 야만성을 면치 못합니다. 일본의 군국주의는 에로티시즘과 그로테스크, 난센스, 그리고 황도주의(신국사상)라는 틀 속에서 필연적으로 발생한 것입니다. 더 깊이 설명을 하자면 『고사기』에서부터 에로, 구로, 난센스가 절정이던 에도 문학을 거론해야 할 것이고. 기회가 있으면 내 소견을 말씀드리겠습

111

니다. 여하튼 일본의 매스컴이 당시의 풍조를 야유한 유행어에 지나지 않는 것이었다 하더라도 참으로 절묘하게 압축하여 정곡을 찔렀습니다. 유감스럽게도 오늘의 우리 사정은 어떻습니까. 압축해서 표현한다면 바로 그겁니다. 에로, 구로, 난센스, Q씨는 어떻게 생각하세요. 성문화가 넘쳐흐르는 도시에서 기름과 때가 고약처럼 들러붙은 것 같은 느낌이 들지 않습니까. 어디로 가도 상큼한, 소위 청풍명월이 없습니다. 자연도 그렇고 인간사도 그렇고 괴기스러움이 횡행하여 별의별 일들이 연출되고 있습니다. 사고력은 마비되어 무의미해진 시간이 마구잡이로 사라지고 있습니다. 비판 없이, 숫제 생각 없이 일본을 닮아가는 것이 문제지요. 그러나 그보다 경제대국이라 하여 그 문화까지 격상하고 무한한 동경과 찬사를 아끼지 않는 줏대 없는 식자가 날로 늘어나는 현실이 걱정입니다. 불길한 예감이 듭니다. 일본의 군비 확장은 과거에도 그러했듯이 일본인을 포함한 인류의 적신호입니다.

꽤 오랫동안 얘기가 옆길로 빠진 것 같은데, 머릿속이 대단히 복잡해지네요. 알 수 없는 슬픔이 치밉니다. 양심을 저당잡히고 함께 놀아주지 않는다면 살아가기가 너무나 힘든 세상입니다. 쓴웃음을 웃을 수밖에 없지만 아이들의 왕따 현상이 뭐 특별한 건가요? 어른들이 모두 그렇게들 하고 있지 않습니까. 위에서 아래까지 아비지옥이지요. 알량한 작은 조직에서도 나누어 먹기, 세몰이의 폭력 앞에 풋풋한 젊음들이 꺾이고 짓밟히고 주저앉는 것을 주변에서도 종종 보았으니까요. 선배든 선생이든 부정과 부패에 보조를 맞추어야 관문을 통과하고 남 먼저 사회에 나오게 되는, 참 살아가기가 힘든 세상입니다. 그와 같은 것이 거대한 물살이 되어 모든 것을 휩쓸고 가는 시대 흐름에 과연 자유가 있고 개성이 있겠습니까? 방향도 알지 못한 채 모두 한곳으로 뒤엉켜서 흘러갑니다. 경쟁이라는 채찍에 쫓겨 노예같이, 자동차의 부품같이. 이상(理想)이라는 말이 빈껍데기가 된 지도 오래입니다. 흥분이나 투쟁도 얼빠진 말이 되었습니다. 네, 비켜서야지요. 다 군더더기 같은 얘기였어요.

노쇠한 봄이 지팡이를 짚고 흐느적거리듯 찾아온 것 같은 느낌이나 소생의 계절이 한낱 수식어로서 진실을 감추고 있다는 분노 어린 마음이 망상이라면 내 눈에 비치는 세태 풍경도 망상인지 모르지요. 내 머릿속이 뒤죽박죽인지 세상이 뒤죽박죽인지 분간키 어렵습니다. 생각이 나갈 길이 없어요. 하루에도 몇 번 망상에 시달리고 절망에 사로잡히고 생각이 꽉 막혀버렸습니다. 그러면서도 뭔가 이 혼돈을 바로 세워주는 것이 있을 것이다. 부딪치면 방향을 돌리는 것이 생존의 본능이요, 자신의 의사와는 상관없이 세상에 던져진 생명들은 삶의 방식을 익혀가면서 전진하기도 하고 후퇴하기도 했던 것이 역사 아니었던가, 자위해 보기도 했습니다. 그러나 그것도 자정 능력이 있을 때의 얘기지요. 뭔가가 있어서 도와줄 것이다, 방향을 잡아줄 것이다, 그런 바람은 인간의 가장 약한 부분의 속성이지요. 믿을 것이 못 됩니다. 우주의 질서는 가차가 없고 냉혹한 것입니다. 저만치서 서성거리고 있는 봄도 생명들의 아우성, 흐느낌을 뒤로하고 떠날 것입니다. 시인은 4월을 잔인한 달이라 했습니다. 4월이 잔인했는지 존재의 처지가 잔인했는지 혼란스럽군요. 인간들의 지칠 줄 모르는 파괴와 약탈로 아시다시피 지구는 지금 만신창이가 돼 있습니다. 설령 지구가 멸망한다 하더라도 자업자득, 어디 봄의 죄이겠습니까. 소생시켜 놓은 생명들이 참살을 당하고 멸종이 된들 봄에게는 임무 밖의 일이지요. 다만 길손일 뿐, 노쇠해 가는 길손일 것만 같습니다. 어쩌면 그도 인간이 저질러서 맞이하게 될 재난에 희생되는 처지일 수도 있고 지구와 생명들과 운명을 같이하게 될지도 모르지요. 노쇠한 봄이라는 말은 물론 합당하지 않습니다. 늙는다는 것은 세월의 조화인데 계절 자체가 세월이니 말입니다. 그럼에도 불구하고 봄은 늙고 죽을지 모른다는 생각이 나를 궁지에 몰아넣고 오도 가도 못하게 합니다. 환상소설, 공상만화 같은 얘기라 하시겠습니까. 진지하게 세계고를 떠맡은 듯, 그러니까 가소롭다 할지도 모르지요. 그럴 만도 합니다. 봄이 죽다니요, 황당무계하지요. 황당무계한 것이야말로 꼭 필요한 오락물의 소재니까요. 오락이란 즐기는 것이지 고민하고 진지해질 이유가 없습니다. 심지어 지구 종말의 가상영화도 스릴을 느끼다가 영화가 끝나면 그 시간에 셔터를 내리고 일상으로 현실로 돌아가는 게 현대인의 생활이며 사고방식인데, 이건 마치 하늘이 무너질까 땅이 솟을까 전전긍긍하니 나 같은 피해망상자야말로 구경거리가 아니겠습니까. 웃으세요. 그래도 나는 왕시의 봄 처녀가 지금은 노파가 되었고 죽을지도 모른다는 생각을 떨쳐버릴 수가 없습니다. 먹고 마시고 노래하며 춤추는 이 좋은 세상에. 그러나 노래하고 춤추며 노는 시간 사이로 소리 없이 스며드는 것은…… 쌀독이 바닥나고 종내는 베짱이 신세가 되고 하는 따위는 약과입니다. 물과 식량을 위한 전쟁이 있을 것이란 예언 비슷한 얘기도 그쯤 해두고 종말론인데 신나게 노는 사람들은 종말론을 거부한다기보다 생각하는 자체를 싫어합니다. 반대로 종말론을 외치며 그것으로 돈을 버는 종교가 있습니다. 나는 생각하기를, 종교적 입장에서의 종말론을 거부하더라도 현실적으로 인식해야 하지 않을까 하구요.

창밖에는 안개가 가득 실리어 산의 형체가 희미합니다. 내 마음에도 안개가 흘러들어 옵니다. 자꾸만 짙어져 갑니다. 천지간이 모두 안개입니다. 동서남북도 없고 지상 지하도 없는, 사유가 갈기갈기 찢기어 갈피를 잡을 수 없는 허공 무한. 알 수 없는 그곳의 쉰 목소리.

"너의 생각이 정녕 그러하다면 봄을 죽이는 자는 누구겠느냐."

하고 묻습니다.

"그, 그거는."

"하나님이냐? 운명이냐? 아니면 우주의 질서인가, 횡포인가."

"그, 그러니까…… 사람 아니겠습니까? 사, 사람입니다."

"……."

"아니지요. 그게 아니고 더 정확하게 말씀을 드린다면 인간들이 숭배하고 신앙하는 오늘의 우상입니다. 문명이라는 우상 말입니다."

"그 작은 것이 우주를 흔들어?"

"작고 큰 것의 문제가 아닌 줄로 압니다만."

"그럼 뭐가 문제인 게야."

"깨지는 것은 작고 크고에 의한 것이 아니고 깨는 힘도 강하고 약하고의 문제가 아닌 것 같습니다."

"……."

"균형이 열쇠인 것 같습니다. 보이지 않는 십자가처럼 무한수직(시간)과 무한평면(공간), 그것에 의해 짜여진 절대적 질서라고나 할까요? 균형 말입니다. 그게 둑이라면 균형에 의해 이룩될 수도 있고 균형에 의해 무너질 수도 있을 것입니다. 그게 백 층짜리 빌딩이라면 역시 마찬가지로 주저앉을 수도 있고 쌓아 올려지기도 하고, 내부에서 스스로의 힘에 의해 존재할 수도 무너질 수도 있는 것 아니겠습니까. 지구라고 그 범주에서 벗어난 것은 아닐 것이며 사물과 현상과 생명들, 영혼도 그 범주에서 벗어날 수는 없을 것입니다."

"흠……."

"창조적 능동성은 사물의 균형을 찾는 행위 아니겠습니까. 균형을 찾았을 때 모든 것은 존재하게 되는 것이라고 생각합니다."

"능동성이 생명의 본질이기는 하나 반드시 창조하는 것만은 아니지. 파괴도 하고 존재해서는 해가 되는 것을 창조하기도 하지 않는가. 히틀러나 일본 군국주의가 창조한 악의 세계를 생각해 보아. 그보다 비근한 예로는 핵무기가 있어. 파괴를 위한 창조물."

"그, 그건 그렇습니다만."

"모든 것에는 다 양면이 있게 마련이야. 소위 모순이라는 건데, 없어지기 때문에 존재를 인식하게 되고, 죽음이 있기에 삶을 인식하게 되고, 뭐 그런 것 아니겠어? 원죄라고들 하기도 하는데 원초적인 비극이지. 그러나 삶은 더없는 축복이라 할 수 있을 게야. 기기묘묘한 조화, 그 비밀을 누가 알겠는가."

"그렇다면 말입니다. 우주 속에 지구가 태어났습니다. 하니 지구가 돌고 있다는 것은 한시적인 것으로 사라질 수도 있다는 얘기 아닙니까."

"그래."

"거 보십시오. 그러니까 봄도 죽을 수 있는 겁니다."

"그런가? 허 참."

"선악 양면에 걸쳐 작용하는 것이 능동이고…… 파괴하고 이룩하는 것도 능동적 작용이고, 창조도 이바지하는 것과 해하는 것이 있고, 균형은 그런 것 모두를 존재하게 하지만 존재할 수 없게도 한다. 헷갈리네요."

"헷갈릴 것 없네. 삼위일체야."

"안개 같습니다. 저승 삼도천을 건너는 느낌이에요. 죽은 것도 아니고 산 것도 아닌, 그게 실체인지."

"자네 전생은 아마 무당이었을 게야."

"그런 말씀 마십시오. 나는 내 속 한가운데 혼자 있습니다. 그게 좋아요."

"말 같잖은 소리."

"한가운데…… 그러니까 중심이죠? 생각이 납니다. 중심에 관한 풍경인데요, 그 풍경을 보면서 속으로 킬킬대며 웃곤 했습니다. 그게 뭐고 하니 사람의 마음과 자세에 관한 것입니다. 돈이든 권세이든 그런 힘을 가진 사람 중에는 상반신이 뒤쪽으로 휜 경우가 있더군요. 타고난 신체는 어쩔 수 없지만 여하튼 거만하고 남을 억압하려는 몸짓인데 그들에게서 그런 힘이 빠져나가는 순간 휘었던 상반신이 앞쪽으로 확 기울어지는 거예요. 반동의 원리 때문이지요. 반대로, 가진 것 없는 사람 중에서도 더러 보게 되는 풍경인데, 비굴하게 항상 몸을 낮추어 처신하던 사람에게 없었던 그것, 권력이나 돈이 굴러들어 오면 별안간 상반신이 뒤쪽으로 휘는 것입니다. 이것 역시 반동의 원리 때문이겠지요. 오만과 비굴은 아마도 같은 운동권에 속하는 모양입니다. 여하한 상황 속에서도 중심에 서 있으면 휘지도 엎어지지도 않을 텐데 말입니다. 희극인 동시 비극이지요. 결국 인격의 파탄인데 그것 역시 균형에 관한 것 아니겠습니까."

"객쩍은 소리."

"죄송합니다. 하지만 하던 얘기는 마저 해야겠습니다. 새삼스러운 것도 아니지만요. 역시 균형에 관한 것인데, 전반적인 것에 다 미치고 있는 균형은 물론 그 자체에 가변성이 내포돼 있습니다만, 외적인 작용에서, 아까 악의 필연성 같은 얘기가 있었고 한다면 악도 용납되어야 한다는 건가요? 그것도 필연적인 것이니 용납되어야 한다는 건가요?"

"따진들 별수 없지. 명확한 것은 없어."

"내 생각에는 말입니다. 인간의 이성은, 또 창조적 열정은 균형을 찾고 균형을 잡아주어 존재하게 하지만 인간의 욕망과 탐욕은 균형을 파괴하고 존재를 흔들리게 하는 것으로 바로 오늘, 현재가 그 같은 것을 여실하게 증명하고 있습니다. 지구 도처에서 균형을 망가뜨리고 있지 않습니까. 땅이 죽어간다거나 물이 썩어간다거나. 이젠 그것이 대단한 일도 아니게 되었습니다. 보다 가공할 일은 오존층이 찢기어 점점 넓어져 가고 있다는 것, 환경호르몬에 관한 것, 지구온난화 현상, 여차하면 자멸의 무기 핵폭탄 등. 이것들이 하늘이 내린 재앙이라 하겠습니까? 지구의 사막화, 도처에서 범람하는 물, 이런 상황이 천재인가요? 또 일본 얘기냐 하며 열을 올릴 사람이 혹 있을지 모르지만 핵무기에 관해서, 머지않아 일본은 핵무장을 반드시 할 것입니다. 그렇게 될 때 미국이나 러시아, 기타 유럽 국가들이 원자폭탄을 보유한 것과는 다르게 그 위험도가 상당히 높아질 것입니다. 우리는 기억하고 있습니다. 제2차 세계대전 말기, 가미카제 특공대라든가 인간어뢰 같은 것들 말입니다. 당시 일본은 연합군의 본토 상륙에 대비하여 국민의 마지막 한 사람까지 싸우다 옥쇄(玉碎)할 것을 다짐하고 있었습니다. 그러나 인류에 대한 범죄 행위가 분명한 미국의 원자탄 투하로 전쟁이 종료된 것은 모두가 다 아는 일입니다. 오늘날 일본 국민들은 그때의 참상을 잊지 않기 위해 나가사키, 히로시마에서 요란하게 행사를 거행하고 있는데 아이러니라 할밖에 없는 것이, 원자탄 투하가 없었다면 본토 상륙이 있었을 것이고, 국민 모두가 옥쇄했더라면 이를 갈고 미국을 원망할 사람이나 있었겠습니까. 실제로 천황이 항복 방송을 한 뒤 젊은 국수주의 장교들이 궁성에 난입하기도 했지요. 제 동족을 모조리 담보로 하고 전쟁을 수행하는 맹목적인 그들, 인류 전멸을 각오하고 전쟁을 일으키는 일은 결코 없을 것이란 보장은 없습니다. 미국을 위시하여 기타 핵보유국들은 매우 현실적이며 최소한도 이성을 토대로 하고 있습니다. 그러나 일본은 다르지요. 제아무리 일류 문명국이 되었다 하더라도 정치 감각은 전근대적인 곳에 머무르고 있습니다. 만세일계의 체제를 고수하고 있는 거지요. 현인신이다, 신국이다 하는 그것은 이미 사어(死語)가 됐다고 말하는 학자가 있었습니다만 천만의 말씀입니다. 신국 운운하는 것은 잠꼬대로 치더라도, 일본이 항복한 후 천황이 되는 데 거쳐야 할 세 가지 의식 중에 즉위식만 남겨두고 나머지는 헌법에서 삭제했습니다. 그러나 현왕 아키히토[明仁]가 즉위했을 때, 헌법을 개정했는지 그간의 사정은 모르지만, 삭제되었던 다이

조사이[12]를 거행했던 것입니다. 즉위 후 처음으로 천손(天孫)이 아마테라스 신위 앞에 나타나 만세일계의 승계자임을 고하고 현인신이 되는 것이지요. 그 일에 대하여 당시 일본에서 논란이 있었던 것으로 알고 있습니다. 일본은 달라진 것이 없고, 다른 핵보유국하고는 매우 다릅니다. 다르다는 것에는 여러 가지 복합적인 요인이 있겠지만, 가령 섬나라가 갖는 대륙 진출의 폭발적 욕구라든가 일본열도에서 빈번하게 일어나는 지진으로 인하여 무의식 속에 잠재되어 있을 탈출 심리, 밖으로 확산하고자 하는 본능을 꼽을 수 있겠습니다. 그러나 압도적으로 너무나 긴 세월 변하지 않고 사람들을 죄어왔으며 맹목적으로 길들여온 것은 역시 신국, 만세일계, 현인신이라는 세계에서도 유래가 없는 기묘하고 이상한 그것일 것입니다. 그것으로 일관되게 무장한 칼바람 군국주의의 주도 속에서 사람들은 과연 무엇을 선택할 수 있었겠습니까. 탐미와 쾌락, 거기에 보태어지는 것이 허무입니다. 일본의 대표적인 정서인 와비[侘]와 사비[寂]는 한적함을 뜻하지만 사라져 가는 것에 대한 모노노아와레[物の哀れ]가 함축되어 있습니다. 죽음의 미학도 그런 맥락에서 파악되어야 하고, 사람으로서 자살 이상의 철저한 파괴는 없을 것입니다. 따라서 남을 파괴하는 것도 철저할 것이며 그 정열을 저지할 도덕이나 윤리가 무력해지는 것은 당연하지요. 신도의 어느 분파에서, 후지산은 세계

---

12 다이조사이[大嘗祭]: 천황 즉위의 의식 중 하나이다. 이 의식을 통해 천황은 초자연적인 존재로, 현인신으로 나아가게 된다.

를 진수하고 일본은 신국이며 일본인은 모두 신이다, 하고 주장했는데, 일본인은 신이라는 의식과 죽음의 미학하고는 상당한 거리가 있지만 못 할 짓이 없다는 데서 일치합니다."

"숨넘어가겠네. 말의 속도를 다스리게."

"비꼬지 마십시오. 저의 일본 얘기가 마음에 안 드십니까?"

"감정이 좀 지나쳐."

"과거 일본을 경험한 사람이라면 감정이 좋을 리 없지요. 그리고 일본에 대하여 향수를 가지는 사람을 보면 분노를 느끼기도 하지요. 징병과 징용, 위안부, 농토를 빼앗기고 거지가 되어 도시를 헤매던 군상, 남부여대 정든 고향을 버리고 만주로, 연해주로 떠나야만 했던 사람들, 내 산천을 찾겠다고 만주 벌판 눈보라 속에서 죽어간 사람들, 고문과 인체실험으로 사라져 간 사람들, 죄 없이 일본인 앞에서 떨어야 했던 어린 영혼들의 상처…… 일본에 대하여 향수를 느끼겠습니까. 이름도 우리말도 없애버린 그들, 반일의 피는 방방곡곡에서 들끓고, 꽃이며 심장이던 젊은 학도들은 결코 순종하지 아니하여 전쟁 말기에는 유치장이 미어졌습니다. 아주 소수의 친일파는 겨레로부터 따돌림을 당하고 일본인이 먹다 남긴 찌꺼기나 얻어먹는 신세, 사실 마음 놓고 거들먹거리지도 못했습니다. 그 당시 이광수(李光洙)의 처지가 얼마나 비참했는지 그 시대를 살았던 사람들은 다 알고 있습니다. 그런 미미한 친일파가 해방이 되면서 숙청을 당하기는커녕 미 군정과 이승만에 의해 교묘히 일본을 답습하고 나라를 휘어잡았습니다. 허나 오늘 일본에 향수를 느낄 당자가 과연 몇 명이나 살아남았을까요. 그러나 그들이 뿌려놓은 씨앗은 대단한 것입니다. 식민지 사관의 뿌리가 아직 뽑히지 않고 남아 있는 것도 그 때문이지요. 그리고 일본의 회유정책에 힘입고 혹은 개인의 이익을 계산하는 새로운 친일파가 대거 등장했습니다. 참 그 세력이 만만치 않습니다. 반일을 논하면 소탕하자는 기세니까요."

"병이 도졌군. 또 흥분하네."

"하지만 과거에 얽매일 만큼 그렇게 어리석지는 않습니다. 글 쓰는 사람의 태도도 아니구요. 여러 해 전에 일본 문예지의 편집장이 내 집을 찾았을 때, 나는 철두철미 반일 작가라 하며 자기소개를 했습니다. 그 후 일본 학생들이 방문했을 때 나는 철두철미 반일 작가이지만 반일본인은 아니다, 하고 말했습니다. 그들도 인류의 한 사람이며 군국주의의 희생자라 생각하기 때문입니다. 앞서도 말한 바와 같이 가미카제 특공대며 인간어뢰, 국민 전원의 옥쇄 계획, 원자탄의 희생도 그렇고, 젊은 생명들이 그 얼마나 전선에서 죽어갔습니까. 남자의 씨가 마를 지경으로, 심지어는 만주의 출병(出兵) 구실을 찾기 위해 마적단을 매수하여 그곳에 거류하는 동족을 미끼로 내놓고 살해하게 했습니다. 일본인의 생명과 재산을 보호하기 위한답시고 결국 출병했지요. 못 할 일이 없었어요. 국민들은 모두 천황의 세키시[13]라는 것은 공공연한 그들의 인

---

13 세키시[赤子]: 적자, 갓난아기.

식이었습니다. 천황의 소유물이라는 뜻이지요. 인류에게 일본은 어떠한 존재인가. 핵무기를 가질 때 그들은 그것으로 어떤 짓을 할 것인가. 세계 정복의 청사진은 일본 체제의 확대를 의미합니다. 전 인류가 모두 현인신의 세키시가 되는 거고 소유물이 되는 거지요. 신국사상을 청산 안 하는 이유가 거기 있을 겁니다. 저의 이런 생각은 결코 감정에서 나온 것이 아닙니다. 지구의 온난화 현상이 나타났다는 우려는 일본이 핵무기를 가졌을 때 그것을 어떻게 사용할 것인지 우려하는 것과 같습니다."

Q씨…… . 망상의 여운은 아직 남아 있습니다. 안개가 개고 산의 소나무가 창문 가득히 들어옵니다. 저 소나무가 천 년쯤 살아주었으면 좋겠다는 생각이 드네요. 그리고 내가 한 말 중에 균형 자체에 가변성이 내포돼 있다는 것이 생각납니다. 균형 자체에 내포되어 있는 가변성은 바로 살아 있는 모든 것들의 운명이 아니겠습니까? 따진들 별수 없고 명확한 것은 없다, 그 말이 옳습니다.

50여 년 전 학생 시절의 일입니다. 방학이 되면, 그때는 전쟁 말기였기에 목탄(木炭) 버스를 타고 고향으로 돌아가곤 했습니다. 진주에서 사천, 고성을 거쳐 통영으로 가는데, 어린 마음에도 차창에 비친 우리 산야가 척박하다는 생각을 했습니다. 땔감으로 낙엽을 모조리 긁어낸 산기슭은 맨살을 드러낸 듯 한결 더 추워 보였습니다. 여름에는 어쩌다 나타나는

오막살이 한 채, 햇볕이 쨍쨍 내리쏟아지는 마당에는 배만 불룩한 벌거숭이 어린아이가 혼자 기어다니고 있었습니다. 사람의 모습을 찾을 수 없는 텅 빈 들판, 늙은 도부꾼이 짐을 지고 혹은 머리에 이고 미루나무 가로수를 따라 흙먼지 이는 신작로를 걸어가고 있었으며, 남루하기 그지없는 주막을 가끔 볼 수 있었습니다. 다만 이끼 낀 비각 옆에 한 그루 서 있는 백일홍나무는 화사했습니다. 비각과 이끼와 야하지 않은 분홍빛 꽃이 피어 있는 백일홍나무. 그것은 빼앗긴 땅에 지난날 우리 민족의 흔적 같기도 했습니다. 백 일 동안 꽃이 핀다 하여 이름이 백일홍인가 본데 일본말로는 사루스베리[さるすべり]라 합니다. 원숭이가 미끄럼 탄다는 뜻이지요. 나무줄기가 매끄러워서 붙여진 이름 같습니다. 거의 20년 가까이 된 것 같은데 해남에 다녀온 적이 있었습니다. 여덟 시간이나 걸리는 꽤 긴 여행이었습니다. 그때 남도 일대에 분포된 백일홍나무를 볼 수 있었습니다. 정감 어린 부드러운 전라도 말씨와는 달리 타는 듯 붉은 흙에 뿌리 박은 측백나무, 소나무는 짙푸른 생명력을 과시하고 있었습니다. 억세고 강인한 생명들, 왜 그런지 그것이 슬펐습니다. 여행길의 쓸쓸함 때문인지도 모르지요. 또 하나는 감나무 밑에서 놀았던 어릴 적의 기억입니다. 장독가에서 얼마 멀지 않은 뜰에 한 그루 서 있던 수령이 꽤 되는 감나무의 그늘은 짙었습니다. 하얀 감꽃이 팥콩처럼 떨어져서 바람이 불면 꽃들은 이리저리 굴러다녔습니다. 그것을 주워 먹기도 하고 바구니에 주워 담기도 하고, 그 하얀

감꽃이 눈앞에 아슴아슴합니다. 질항아리와 서늘한 그늘과 흰 감꽃, 그리고 계집아이. 그 기억을 나는 『토지』 속에 주워 담았습니다. 어린 양현이가 뒤뜰에서 감꽃인지 은행잎인지를 줍는 장면이 있을 거예요. 감나무에 대한 또 하나의 기억은 강릉의 풍경과 인상 속에 남아 있습니다. 강릉은 소슬한 바람 같고 백톳빛이 떠도는 것 같았으며 온천으로 유명한 황해도 백천을 연상하게 했습니다. 그 도시에서 나는 여러 그루의 감나무를 보았어요. 사람들의 얼굴처럼 도시들도 각기 다른 얼굴, 분위기를 자아낸다는 것이 예사로운 일인데도 매번 나에게는 신기했습니다. 감나무, 백일홍이 추억의 실마리가 되듯이 음악도 먼 옛날을 불러내곤 합니다. 그런 것에 얽힌 추억은 모두 독특한 세계를 지니고 있으며 마음속에 계속 남아 있어서, 그 정서는 살아 있음의 슬픔과 기쁨을 일깨워 줍니다. 해방 직후 장춘동인지, 그때는 동사헌정(東四軒町)이라 했습니다. 그곳에 살았는데 어느 날 가족 간의 의견 충돌로 화가 난 나는 집을 뛰쳐나왔습니다. 진 고개를 무작정 걸어서 내려오다가 불쑥 약초극장(若草劇場)으로 들어갔습니다. 비가 내리는 조명 아래 무대에서는 남녀 쌍쌍이 춤을 추고 있었는데 음악이 〈볼레로〉였습니다. 눈물이 왈칵 쏟아지더군요. 결국은 젖이 불어서 배가 고플 아이 생각이 났고 허둥대며 집으로 돌아갔지요. 황해도 연안에 교사로 취직이 되어 갔을 때는 기숙사에 함께 있던 동료 교사가 늘 틀어주던 음악이 〈페르시아의 시장에서〉였습니다. 6·25가 터지고 피난길인 관악산에선 팔베개를 하고 풀밭에 누운 학생풍의 청년은 〈아를의 여인〉을 휘파람으로 불고 있었습니다. 어머니가 함께 밥을 먹자고 권했지만 일행도 없이 혼자인 청년은 자리를 털고 가버리더군요. 피난한 부산의 이모네 집 이 층은 살풍경했습니다. 낡은 왜식 건물은 오르내릴 때마다 삐걱거렸습니다. 고물 축음기에 어디서 굴러왔는지 음반 한 장, 그것이 〈이태리 기상곡〉이었어요. 돌려가면서 되풀이 음악을 들었습니다. 고향인 통영으로 갔습니다. 미군 담요로 몸뻬를 지어 입고 아버지가 마련해 준 조그마한 가게에서 양품점을 차렸을 때 멍하니 거리를 바라보며 쇼팽의 〈장송곡〉을 듣곤 했습니다. 서울로 돌아와서 『시장과 전장』을 쓸 무렵이었습니다. 어느 여류시인이 녹음해서 보내준 베토벤의 〈합창교향곡〉과 슈베르트의 〈미완성 교향곡〉을 번갈아가며 듣다가 막막하여 너무나 막막하게 글이 나가지 않았을 때 책상을 치우고 방 안을 미친 듯 서성거렸습니다. 내게 있어 그 음악들은 내 영혼과 함께 처절한 절규, 흐느낌이었던 것 같습니다. 최근에는 우연히 EBS에서 '야니(Yanni)'의 음악을 듣게 되었습니다. 봄날같이 화사하고 행복한 음악이더군요. 이렇게 내 기억 속에 새겨져 있는 나무나 음악은 어떤 운명과도 같이 내 생애에 필연적인 것이 아니었나 하는 생각이 들 때가 있습니다.

원주로 옮겨 온 것은 20년 전의 일입니다. 딸아이와 손자가 남편도 없이 애비도 없이 시가에 살고 있었기에 울타리라도 되어주자고 서울 살림을 걷고 원주로 내려왔던 것입니다. 며

칠 전에 문막에 있는 '녹야'라는 음식점에 점심을 먹으러 간 일이 있습니다. 딸아이가 문막의 지리를 환히 알고 있어서 물었습니다. 어떻게 그리 잘 아느냐고.

"원주 있을 때 세희 데리고 여기 강가에 가끔 왔어요."

나는 순간 가슴이 찢어지는 것 같았습니다. 그 당시 이곳은 집도 없는 허허벌판이었을 거예요. 어린것 손잡고 무슨 까닭으로 이곳에 왔었는가. 강물을 바라보며 그 애는 무슨 생각을 했을까. 가혹했던 세월이 되살아났던 것입니다.

당시의 원주는 추운 곳이었습니다. 삭막한 군사도시에는 감나무는 물론 백일홍도 없었습니다. 어떤 분은 내가 글 쓰기 위해 원주로 왔다고 생각하는 모양이지만 그건 내게 사치스러운 것이었습니다. 나는 인생만큼 문학이 거룩하고 절실하다고 생각하지 않습니다. 단구동의 뜨락은 꽤 넓었고 그것이 내 세계의 전부였습니다. 삶은 준열하고 나날의 노동 없이는 내 자신이 분해되고 말 것만 같았고 긴장을 푸는 순간 눈을 감은 채 영원히 깨어나지 못할 것만 같았습니다. 모든 것을 거부하고 포기했으며 오로지 목숨을 부지한 것은 가엾은 내 딸, 손자의 눈빛 때문입니다. 그때 머리가 다 빠지고 철색으로 변한 딸아이의 얼굴은 아직도 지워지지 않는 내 마음속의 짙은 피멍입니다. 그리고 언어가 지닌 피상적인 속성은 지금 이 순간에도 절감하고 있습니다. 진실에 도달할 수 없는 언어에 대한 몸부림, 그럼에도 우리는 그 언어에서 떠나질 못합니다. 그게 문학이 아니겠습니까. 그리고 그 시절, 거부하고 포기한, 극한적 고독의 산물이 『토지』였을 겁니다.

삭막하고 을씨년스럽고 뼛속까지 얼어붙는 것만 같았던 낯선 고장 원주는 20년 동안 많이 변했습니다. 화려하고 풍성해 보이고 세련된 도시로 바뀌었으며 감나무가 자라고 백일홍의 꽃도 피게 되었습니다. 매지리로 이사한 내 집에도 감나무 세 그루, 백일홍 한 그루가 살고 있습니다. 20년 세월에 세상이 바뀌고 기후도 달라졌습니다. 아열대 기후가 북상해 온 거지요. 그 속도가 얼마나 되는지 알 길이 없지만 가속이 붙게 되면 시베리아까지 그리 먼 일도 아닐 것입니다. 시베리아 벌판에 분홍빛 백일홍꽃이 핀다면, 하얀 팥콩 같은 감꽃이 핀다면, 시베리아뿐이겠습니까. 북극에도 봄이 갈 수 있다면 그 얼마나 환상적이겠어요? 새들이 높이높이 날아올라 환희의 노래를 부르겠지요. 온갖 나비들이 꽃에 취하여 춤을 추고 다람쥐는 둥지 밖을 내다보며 새끼들을 챙길 것입니다. 아마도 도토리는 무진장 깔려 있을 거예요. 옷맵시가 그만인 봄 아줌마는 부지런하고 날렵하게 돌아다니며 땅속의 생명들을 불러내고 달나라로 이사 가자는 말도 없어질 거구요. 농담 그만하라, 유치원의 동화 시간인가 하시겠습니까. 세상이 너무 무심해서 그럽니다. 어디를 가도 놀자 판으로, 걱정하는 사람이 없는 것 같아서 그럽니다. 요즘 생동감 넘치는 말 중에 골프, 카지노, 러브호텔, 콘도 같은 것이 있는데 그런 것 말고도 이야기 좀 합시다. 아무리 노는 데 환장을 했기로, 금강산도 식후경이라 하지 않았습니까. 위락시설에 수천 억을 쏟아붓고 값으로는 환산할 수 없는 자연을 난도질하고 외국인이 와서 얼마나 돈을 떨어뜨려 놓고 갈까요. 결국 자국민의 주머니 털어먹기 아닌가요! 돈으로는 환산할 수 없는 강원도 일대의 산들이 불바다가 되었을 때 자기가 당선하면 불가능이 없는 것처럼 떠들어대던 정치 중독자들은 참 볼만했고 당선된 선량께서는 기뻐서 어쩔 줄 몰라 하며 당선 소감을 피력했는데 산불에 대하여 걱정하는 사람은 아무도 없었습니다. 어디 논둑에 아이들이 불 놓은 정도로 생각했던 모양입니다. 진심이 아니더라도 선거 연설 팽개치고 팔 걷고 산불 끄는 데 합세했더라면 그것이 신문에 한 줄 나왔더라도 그 자체가 굉장한 선거운동이었을 텐데 말입니다. IMF 시절의 작태도 생각이 나는군요. 실업자가 거리를 헤매고 노숙자가 우글거렸으며 사방에서 부도가 터졌을 때 박세리는 스타가 되었습니다. 연일 신문은 대문짝만 한 활자로 다투어 보도했습니다. 덕택에 너도나도 골프, 그 열풍은 좀체 가라앉지 않고 있습니다. 이런 추세로 나가다간 좁은 강토가 모조리 골프장이 될 판국입니다. 어느 분이 말씀하시더군요. 미국 같은 넓은 곳에서의 골프지, 유럽 쪽에서는 골프장이 별로 없다는 거예요. 이건 해방 이후, 풍속도의 하나인데요, 미국도 그렇게 하고 있다, 일본도 그렇게 하고 있다, 마치 전가의 보도처럼 위정자나 식자들이 꺼내는 말인데 이런 사대주의는 이미 일상이 되고 말았습니다. 미국이 죽으면, 일본이 죽으면 따라 죽게 생겼어요. 이 밖에 위락을 위해 도시에서 몰려드는 사람을 상대로 하는 업종의 경우, 한결같이 입을 모아 하는 말이 있습니다. 먹고 살아야 한다! 생존권이 아니냐. 그러나 대부분 업주들은 상당한 자본가로서 입에 풀칠하기 위해 장사하는 것은 아닙니다. 하기는 고급 샐러리맨도 먹고살기 위하여, 곧잘 하는 말이지요. 염치가 없다면 없는 겁니다. 시장 변두리 노지에서 산나물 펴놓고 앉아 있는 할머니는 대체 무슨 말을 해야 할까요.

　Q씨, 이제 동화는 끝났지요? 동화란 애당초 있지도 않았고요. 만년설이 녹고 빙벽이 부서지면 그건 천지개벽이지요. 노아의 홍수가 되는 거겠지요. 불교의 세계관에서는 천지개벽은 되풀이되어 온 것으로 되어 있고, 네 번은 불로써 개벽을 하고 한 번은 물로써 한다는 것이었습니다. 그러니까 물은 온난화 현상이 극에 이르면 노아의 홍수가 될 것이며 불로는 핵무기를 두고 생각할 수 있는 일입니다. 그러니까 물이나 불이나 그것으로 인해 생명들이 멸망한다면 앞서도 말했듯이 자업자득으로 신의 형벌이라 할 수 없고 우주 질서가 잘못되어 재앙이 내려왔다 할 수도 없습니다. 문명이 잘못 운영된 탓이지요. 만일에 우주 변혁의 필연성이었다 한다면 이것도 아이러니에 속하는 것입니다만 자결권이 인간에게 있고 인간에게 맡겨졌다는 사실입니다. 신은 침묵하거나 다만 바라볼 뿐이라는 것입니다. 생각하면 생각할수록 어떻게 우주는 이렇게 신묘하게 짜여져 있는가 싶어요. 구원이 없습니다. 스스로의 힘 이외는 구원이 없습니다. 신에 의탁하는 사람들은 그것을 인식해야 할 것이고 불가능이 없다고 신을 밀어낸 자리에

선 인간들도 우주 질서의 냉엄함을 깨달아야 할 것입니다.

　나는 가끔 신화(神話)에 대해서 생각해 봅니다. 또 대체 신화의 근거는 어디 있을까 하고요. 신화는 황당무계합니다. 그렇다면 오늘의 현실도 황당무계하다 할 수 있을 것입니다. 왜냐하면 수천 년 전에 만들어졌고 구전되어 온 신화와 오늘의 현실이 너무나 일치하고 있으니 말입니다. 이를테면 야차가 공중을 날아다니며 불을 뿜고 싸웠다는 신화의 내용은 오늘 공중전을 하는 전투기와 일치하고, 동굴 속에 여덟 개의 머리가 달린 용의 얘기는 오늘의 전차와 유사합니다. 종횡무진 달리는 전차에다 여덟 개 총구를 단다면 모습이나 기능이 거의 같아지는 것이지요. 용궁이니 지하 신이니 하는 것도 그렇습니다. 사람들은 벌써 수중 도시를 꿈꾸고 있으며 핵전쟁에 대비하여 지하 도시도 생각하고 있습니다. 신화에 나오는 괴물만하더라도, 사람 머리에 몸은 사자인 스핑크스나 상체는 인간이요 하체는 말인 괴물도 나타나는데, 그것도 유전공학의 발전상에서 본다면 전혀 불가능한 일이라 단언할 수 없지요. 잘못, 잠시의 실수로 걷잡을 수 없는 종(種)의 혼란이 벌어질 것을 예상들 하고 있으니까요. 영국의 소설가 헉슬리가 쓴 『신세계』에, 기억이 확실치 않으나 그런 이상한 괴물들이 등장하는 것으로 알고 있습니다. 작가는 진화론자 '토머스 헉슬리'의 손자였습니다. 여하튼 신화와 오늘의 현실과의 일치점을 생각할 때, 그러면 신화는 신이 만든 예언이었다, 하겠지만 그렇게는 말할 수 없을 거예요. 굳이 돌파구를 찾는다면 천지개벽 이전을 생각해 보아야 할 것 같습니다. 불교의 세계관에 의거하여. 천지개벽 이전에 오늘 같은 아니 더 앞선 문명이 있었을 거라는 추측입니다. 그 문명도 말하자면 그 시대의 주도, 그러니까 그것이 인간이든 또는 다른 동물이든 간에 그 주도적 동물에게 우주 질서 또는 신이 자결권을 주어서 혹은 그들의 운명을 맡겨서 자업자득의 결과가 천지개벽이 아니었나 하는 생각입니다. 그러니까 일종의 선험에 의해 신화가 만들어졌을지도 모른다, 하는 생각인데 망상이라 할 수도 있고 공상이라 해도 좋겠지요.

오늘 이런 상황 속에서 가냘프게 희망의 끈을 놓지 않는 것은 이 지경까지 오게 한 당자인 문명, 특히 과학인데, 결자해지라 했던가요? 그들이 풀어야 한다는 그것만이 마지막 남은 살길일 것입니다.

제3부

일본 역사학자와의
지상 논쟁

한국인의 '통속민족주의'에 실망합니다

8·15에 일본 지식인이 쓰는 편지 - 다나카 아키라

까마득히 잊어버렸던 이 50년대 작가—절망과 허무와 자학의 참담한 세계를 그린 이 작가의 이름이 왜 지금 갑자기 떠올랐을까, 저는 경악을 금할 수 없었습니다. 아마도 손창섭의 세계는 국경을 넘어 우리들 폐허시대의 청년들이 공유한 세계였을 것입니다. 그래서 그것은 어떤 기미만 잡으면 마치 게릴라처럼 우리들의 허점을 찔러서 엄습해 올는지도 모르겠습니다. 그런저런 상념에 잠기다가 '그런데' 하고 저는 생각했습니다. '현대의 한국 청년은 과연 손창섭의 소설 세계를 알고 있을까, 현대한국에 손창섭 세계의 흔적은 남아 있을까'라고.

아마 그런 흔적은 없어지고 이젠 그의 소설을 읽는 사람은 문학사를 공부하는 학생 이외에 없을 겁니다. 그러나 그것은 유감스러운 일이 아니고 오히려 축복해야 할 것이라고 생각됩니다. 왜냐하면 그것은 해방 후 45년 동안에 한국 사람이 절망과 허무와 자학을 만들어낸 조건을 하나씩 하나씩 깨부수어 왔음을 의미하기 때문입니다.

그간 많은 발전과 성취가 있었습니다. 그 전설의 역사에 참여하신 대형(大兄)에게는 기필코 적지 않은 감개가 있으시리라 생각됩니다. 그러나 피와 땀으로 이루어진 발전과 성취의 과실을 태어나면서부터 향수하는 사람들, 말하자면 손창섭과는 상관없이 살아온 사람들은 이제까지 쌓아 올린 성과의 귀중함에 대해서 별생각도 없이 그 위에 안주하고 있지 않습니까?

저는 5년 전에 심장병을 앓았기 때문에 외국여행을 삼가고 있으므로 최근의 한국 사정을 피부로 느낄 수는 없습니다. 그러나 신문 잡지를 통해서 혹은 방한자(訪韓者)로부터 들으니 욕망의 분출·자존심의 비대화와 같은 현상이 갈수록 늘고 있으며 정신의 고귀성의 바로미터인 자기억제란 열쇠가 풀어지지 않았는가라는 인상을 자주 받습니다.

이런 말을 하면 손창섭 세대 따위가 무슨 소리냐고 젊은 사람으로부터 항의를 받을지 모릅니다. 실은 저도 처음에는 이런 글을 쓸 의도는 없었습니다. 「8·15에 즈음해서 한 일본인의 반성」과 같은 글을 쓰면 '선량한 일본인'이 될 수 있었을 겁니다. 그러나 대형에게 편지드리는 기회는 그리 잦지 않으니 '불쾌한 일본인'이 될 각오로 노인 냄새가 풍기는 우려의 말씀을 올리기로 했습니다. 부디 양해해 주시기 바랍니다.

통속민족주의의 성행

　제 젊은 친구 중에 대학에 부설된 일어학교의 교사였던 사람이 있습니다. 이 학교는 일본의 대학에 입학시험을 치르기 위한 예비 코스로서 주로 일어를 가르치면서 영어나 사회도 가르치고 있습니다. 학생 수가 가장 많은 것은 중국인이고(대륙과 대만의 양쪽으로부터 와 있음), 다음엔 한국인 이하 동남아시아 남서아시아 중동 등으로 여러 나라 사람들이 같은 반에서 수업을 받기로 되어 있습니다.

　그런데 재작년에 학생들에게 작문을 쓰도록 했더니 중국 학생 중에 "한국 학생과 같은 반에서 공부하는 것은 싫다"고 쓴 사람이 몇 사람 있었답니다. 그들을 불러서 이유를 물어보았더니 "한국인은 거만하기 때문에"란 대답이었답니다. 그때는 좀 까다로운 인물이 있었겠거니라고 짐작하고 좋은 말로 달래서 보냈는데 다음 해 새로운 반에서도 똑같은 사태가 일어나니 '이것은 예사로운 일이 아니다'라고 심각히 생각하지 않을 수 없었답니다. 새 반의 한국 학생 중에는 "'한자(漢字)'는 원래 '한자(韓字)'입니다"라고 오히려 교사에게 설교까지 하려는 사람도 있었다고요. 친구는 도대체 어떤 교육을 받고 왔는지라고 심히 고민을 하고 있었습니다. 그 후 그는 교사직을 그만두었기 때문에 지금의 실정은 잘 모릅니다.

　저도 이런 일 따위는 드문 경우라고 생각하고 싶습니다만 저 자신이 내일(來日)한 지 얼마 안 된 한국인 유학생으로부터 일본 문화나 정치의 본질에 대해서 도도한 강의를 받은 적이 있었으므로 이런 자기과시적인 경향은 상당히 확산되고 있지 않는가 하는 감을 가지고 있습니다. 그 원인은 여러 가지가 있으리라 생각됩니다만 그중의 하나로서 저는 통속민족주의의 성행을 들고 싶습니다.

민족주의, 민족의식, 민족주체성, 민족의 긍지…… 한국에서는 민족이란 말이 난무하고 있습니다. 일본의 식민지 지배를 받았던 쓰라린 역사나, 독립해도 강대국 사이에 끼여서 살아야 할 지정학적인 조건의 불변함을 생각하면 민족의 존엄과 불가침성은 아무리 강조해도 지나치지 않을 겁니다.

그렇지만 그런 주장이 운동이 되었을 때 안이한 수단으로서 제 고장 자랑—자기의 무조건 긍정—에 치우치기 쉽습니다(전전(戰前) 일본의 애국운동이 그랬습니다). 아까 말씀드린 유학생의 에피소드는 그것을 단적으로 보여주고 있습니다. 이것을 저는 '통속민족주의'라 이름 짓고 있는데 이런 '간이(簡易) 프라이드 조성 운동'의 특징은 진정한 민족애를 육성할 수 없는 것이라고 믿습니다.

10여 년 전의 이야깁니다만 저는 조총련의 활동가로부터 다음과 같은 말을 들었습니다. "북조선에도 결점이 있을 겁니다. 그러나 저는 남북을 비교 검토한 결과 아무리 생각해도 역시 북이 낫다는 결론에 도달했기 때문에 북을 조국으로 선택한 것입니다." 그때 저는 "마치 취직을 할 때 기업을 선택하듯이 조국을 선택한다는 사고방식이 있구나"라고 자못 놀랐습니다.

나라나 민족이라는 것은 우수하기 때문에 사랑한다는 그런 대상이 아니지 않습니까. 일본에는 바보 아이일수록 귀엽다라는 어버이의 심정을 나타내는 말이 있습니다. 그와 같이 나라가 어지럽고 한심하기 때문에 더 한층 귀엽다는 것도 있을 수 있습니다.

통속민족주의도 마찬가집니다. 그것은 '우리 민족은 훌륭하다'를 연발합니다. 그리고 어느덧 '훌륭하기 때문에 사랑한다'는 사고방식에 빠집니다. 그러나 이것은 '훌륭하지 않으면 사랑하지 않겠다'를 뒤집어놓은 사고입니다. 아까 말씀드린 바와 같이 진정한 민족애란 훌륭하지 않아도, 아니 훌륭하지 않기 때문에 사랑한다는 성격의 것이라고 저는 믿습니다.

타자(他者)에게 얽매이는 한국인

제 선배 중에 전후 일본 농촌의 생활 개선사업에 전력한 사람이 있었습니다. 그에 의하면 농지개혁으로 여유가 생긴 농민이 낡은 자기 집을 개수하려 할 때 만사 제쳐놓고 우선 대문을 그럴듯하게 꾸민다고 합니다. 우리는 며느리의 편의를 생각하여 먼저 볕이 안 드는 부엌부터 고칠 것을 권했는데도 그게 잘 먹혀들지 않더라고 그는 술회했습니다.

이 이야기를 한 것은 이런 농민의 습성이 한국에도 공통하고 있음과 동시에 저에게는 이것이 통속민족주의와 오버랩되어 보이기 때문입니다. 양자가 다 자기 실체보다도 자기가 타자에게 어떻게 비치는가에 상당한 관심을 가질 뿐 실체를

140

어떻게 다지며 어떻게 높이는가를 뒤로 미루는 인간상을 떠올리게 합니다.

사람은 누구나 조금씩은 타자를 의식하기 마련이며 타자를 고려하지 않는 유아독존은 오히려 곤란하다고 할 수 있습니다. 그러나 내용보다 외관을 중히 여기는 정신은 더 곤란합니다. 왜냐하면 타자의 눈을 의식한다는 것은 가치의 기준을 타자에게 떠맡긴다는 것이며 그렇게 되면 겉으로는 주체성을 외쳐도 바탕이 타자의 것이므로 진정한 긍지가 생길 수 없기 때문입니다.

타자의 눈에 비친 자기의 모습에 구애된 나머지 타자에게서 떠날 수 없게 된 풍경을 저는 일본(인)에 대한 한국(인)의 자세에서 자주 봅니다. 예를 들어 "일제 식민지 사관은 괘씸하다. 우리는 민족주의 사관에 입각한 역사서를 써야 한다"는 말을 자주 듣습니다. 옳다고 생각합니다. 그러한 주장의 성과의 하나로서 조선조 시대에 한국엔 벌써 자본주의의 맹아가 있었다는 논문이 나왔습니다. 이것은 일본 학자가 세운 조선 사회 정체론을 논파한 것으로 그 때문에 우리들도 많이 계발되었습니다.

다만 그것이 역사 연구의 레벨로 논의되는 동안은 좋았지만 통속민족주의의 레벨에 옮겨지면 '정체론을 논파한 자본주의 맹아론은 일제에 대한 승리'로 되고 나아가서는 자본주의의 맹아가 있었던 사실 자체를 민족의 자랑처럼 말하는 사람까지 나타났습니다. 마치 전전(戰前)의 일본 학자의 소론(所

論)을 타파한 것으로 자동적으로 한국사가 훌륭하게 된 듯한 어투였습니다.

그러나 조금만 생각해 보면 알 일이지만 일본 한자를 논파해 보았자 일본인의 인식을 고칠 수는 있을지언정 한국이 훌륭하게 되는 것은 아닙니다. 여기선 '역사는 원시공산제→노예제→봉건제→자본주의라는 발전 법칙에 따른다'라는 외래 이론을 신봉하고 그런 발전 과정을 제대로 밟은 사회만이 앞선 사회라는 가치관에 함몰한 인간의 모습이 보입니다.

그런 가치관을 믿으면 확실히 자본주의의 맹아가 있는 나라는 없는 나라보다도 나을 것입니다. 그렇지만 그것이 자랑할 만한 일일까요. 이 가치관에 입각하는 한 자본주의 맹아의 나라는 자본주의의 개화를 벌써 마친 나라보다 뒤진 나라가 되는 것이며, 이런 논의는 후진성의 확인밖에 되지 않습니다. 또 이런 것을 자랑하는 사고방식은 아프리카의 신생국가처럼 자본주의의 맹아조차 없었던 나라는 전혀 뒤진 나라로서 멸시해도 좋다는 것이 됩니다. 이런 차별사관은 아무리 생각해도 칭찬받을 만한 것이 못 됩니다.

그럼에도 불구하고 이런 것을 자랑하는 현상이 생기는 것은 일본에 대해서 타격을 주기만 하면 족하다는 심리—타자에게 얽매이는 심리—에 빠져버렸기 때문이라고 생각됩니다. 통속민족주의는 일견 주체적인 풍모를 갖추고 있기 때문에 자타가 모두 착각하기 쉽습니다만 그 정체가 실은 심리학에서 말하는 '샤덴프로이데'[14]라는 점을 부인하기는 어렵습니다. 통속민족주의는 이런 자랑의 축소재생산 현상을 가져올 위험을 언제나 지니고 있다고 할 수 있지 않을까요?

반일(反日)도 대중화 시대로

말하기가 거북합니다만 통속민족주의가 성행하기 시작하면서부터 저는 한국의 품위가 떨어져 가는 듯한 느낌이 들곤 합니다. 이렇게 경제가 성장하고 올림픽을 성대히 치러서 세계의 한국이 되었는데 어쩐지 기왕에 있었던 고귀한 것이 자꾸만 사라져 가는 감이 있습니다.

어릴 때의 일이 생각납니다. 저는 1933년 2월부터 1944년 1월까지 소학교·중학교 시절의 11년간이라는 인격형성기를 서울에서 보냈습니다. 말하자면 진짜 콜론(Colon, 植民者)의 아들입니다. 믿기 어려우실지 모릅니다만 우리 식민자의 자식들은 독립운동을 하고 있다는, 볼 수도 없는 불령선인[15]에게 대해서 외경의 염을 품은 공감을 가지고 있었습니다.

그것은 동물적이라 할까, 본능적이라 할까 그런 감각이었습니다. 밖에서 침입한 타민족의 지배를 받으면 자기도 반드시 분개하겠지, 그리고 반항심을 일으키겠지— 그런 단순하지만 뚜렷한 상념이었습니다. 그러므로 강원도의 오지에 출장 간 친구 어머니가 밤이 되어 마을 사람들이 뿔뿔이 나가므

14 샤덴프로이데(Schadenfreude): 타자를 상하게 하거나 타자가 상하는 모습을 봐서 느끼는 기쁨.
15 불령선인(不逞鮮人): 일제에 저항하던 조선인들을 일컫는 말.

로 따라가 봤더니 반일독립의 연설회를 하고 있더라는 이야기를 가슴 두근거리면서 들었던 것입니다.

그렇지만 잠자리에 든 후에 자기가 겁쟁이임을 되뇌면서 만약 잡혀서 고문을 당했을 때 나는 과연 얼마나 지탱할 수 있을까를 생각하면 그저 서글퍼지기만 했습니다. 그리고 독립운동의 지사들은 내가 도저히 하지 못할 일을 하고 있다!고 감탄하고 또 외경했던 것입니다. 그런데 패전 후 긴 격절(隔絶)의 시기를 거친 뒤에 제 이목에 들어온 한국인의 반일은 무언가 다른 것이었습니다. 왜? 대답은 간단했습니다. 지금의 반일은 옛날과 달라 같은 상황에 처하면 저라도 쉽사리 할 수 있는 것이기 때문입니다. 옛날의 반일가(反日家)는 제가 어른이 되어도 도저히 할 수 없는 일을 하고 있었기에 외경의 대상이었습니다. 그렇지만 지금은 그런 용기나 담력, 희생정신이 없어도 할 수 있습니다. 반일도 양산 대중화의 시대가 되었던 것입니다. 그렇기 때문에 과거와 같은 외경의 염은 일어나지 않고 시대가 변했구나 하는 감회만 더해가고 있습니다.

그런데 옛적의 반일과 지금의 반일은 기본적인 성격에 있어서도 다르다고 저는 생각합니다. 전자를 거부하는 반일이라고 하면 후자는 끌어들이는 반일이라고 할 수 있을까요.

전자의 반일은 일본의 사람도 물자도 이 땅으로부터 물러가라는 것이었습니다. 반일의 중심목표는 독립의 쟁취이었으므로 반일은 즉 배일로, 여기에는 아무런 의의도 없었습니다.

그런데 지금의 반일은 "우리들의 요구하는 것에 대해서 일본이 동조하지 않는 것은 괘씸하다"라는 투의 반일입니다. 다시 말하면 '한국이 요구하는 선에 일본은 가까이 오라'는 것이어서 거기에는 '너하고는 인연을 끊는다'라는 거부는 포함되지 않습니다. 오히려 방향은 반대여서 일본을 자기 쪽으로 끌어들이려 하고 그것이 뜻대로 안 되면 비난하는, 그런 반일입니다.

가령 대일무역의 적자를 줄이고 싶은데 뜻대로 되지 않을 때, 일본은 성실치 못하다, 우리나라로부터 착취만 하고 있다고 온갖 비난을 퍼붓지만 거래정지 같은 행동은 전혀 고려하지 않고 있습니다.

또 끌어들이는 반일의 특징은 자기의 요구나 기대가 충족되지 못할 때 이를 충족시키기 위해서는 어떻게 할 것인가라는 구체적인 현실 타개책을 고안하기보다, 오로지 상대방을 성토하는 데에 몰두한다는 점에 있습니다. 이것은 소아병적이라고 말할 수도 있지 않을까요?

사죄는 마음의 문제

이상 이것저것 실례되는 말씀을 올렸습니다만 이것은 외경하는 한국인을 중심으로 한 자기의 한국상이, 변모해 가는 시대에 따라가지 못하는 늙은이의 탄식이라고 양해해 주시기 바랍니다.

같은 의미에서 또 하나 말씀드리고 싶은 것이 있습니다. 그것은 지난번 노태우 대통령이 방일했을 때 과거의 역사에 대한 일본의 사죄가 최대의 문제가 된 것입니다. 그것은 한국 사람의 가슴속 깊이 사무쳐 있는 일제 지배에 대한 통분의 염, 즉 마음의 문제를 일·한 정부 간의 교섭이라는 차원으로 끌어내렸다고 저에게는 비쳤습니다. 도대체 마음의 문제를 외교 레벨에서의 사죄로써 풀 수 있을까요. 사랑하는 아이를 교통사고로 잃은 어버이의 슬픔은 보상금 교섭으로서는 지울 수 없습니다. 하물며 나랏일에 있어서랴.

그러나 금번의 한국의 조야는 마치 외교사안이 전혀 없는 것같이 오직 마음의 문제를 주요의제로서 제출했습니다. 저는 식민지 지배로서 받은 통한의 염도 이젠 관념화되어 이렇게 외교차원에서 운위하게 됐는가고 서글픈 마음을 금할 수가 없었습니다.

생각하면 거부의 반일의 시대를 호흡한 분들은 일제의 포악상을 말할 때도 금번과 같이 위세 등등하게 말하지는 않았다고 기억합니다. 그분들의 말에는 가슴이 터지는 듯한 원통함이나 생각하기조차 싫은 굴욕감이 창자가 비틀어질 듯이 얽혀 있었던 것입니다. 따라서 지각 있는 분들은 함부로 그런 말을 하지 않았습니다. 그러기에 어느 날 그가 봇물을 터뜨리듯이 토로할 때 우리들 일본 사람은 숙연하게 되곤 했습니다. 그러나 지금 사람들은 피지배·피억압의 역사를 우거대면서 지칠 줄 모르는 듯합니다. 이렇게 위세 좋게 '당했다, 당했다'라고 말하고 있는 모습을 볼 때 '이렇게도 달라졌는가'라는 생각을 하지 않을 수 없습니다.

식민지 지배의 문제에 대해서는 일본 측이 반론할 수 있는 여지는 전연 없습니다. 따라서 이 문제에 관한 한 한국 사람은 안심(?)하고 마음껏 일본을 공박할 수 있습니다. 한국 측이 침략의 역사를 들고 일본을 규탄하고 일본 측은 오로지 사죄해 보인다는 관계는 금후에도 계속될 것입니다. 마음의 상처는 무한대의 넓이와 깊이를 갖고 있기 때문입니다. 다만 그 과정에서 규탄의 소리는 점점 소구력(訴求力)·타격력을 잃어갈 것입니다. 왜냐하면 거기에는 거부의 반일이 가졌던 긴장이 없기 때문입니다.

그 경우 개혁이란 행동보다 한풀이란 심리게임으로 계속되는 일·한 관계는 어떻게 될까요? 질질 저질스러운 방향으로 굴러떨어져 가지 않을까요? 그런 우려를 가지지 않을 수 없습니다. 이것은 늙은이의 기우인지 모릅니다. 8·15란 사자(死者)와 교환할 수 있는 날이 다가오기 때문인지 어느덧 이런 넋두리를 늘어놓았습니다. 서툰 한국말로 적었습니다만 미의(微意)를 짐작해 주시면 다행이겠습니다.

일본인은 한국인에게 충고할 자격이 없다

한국통속민족주의론에 대한 반론 - 박경리

"다소 GNP가 높아졌다 해서 벼락부자의 천박한 속성을 드러내는 행위라든가, 자랑스러움을 간직하는 것은 좋은 일이지만 가장 찬란한 올림픽을 치렀다는 우월감 따위는 깊이 경계해야 하리라 생각했다. 신(神)으로부터 선택받은 민족이란 고정관념 때문에 유대족은 그 우월감, 배타성으로 하여 오랜 세월 타민족으로부터 소외되고 박해받았고, 게르만족 제일주의의 나치스는 인류 최대의 범죄를 남기고 붕괴했으며 신국(神國)으로 망상한 일본 역시 최초의 원자탄 세례를 받았다. 자비(自卑)하는 것이 비천한 것과 마찬가지로 우월감의 과시도 비천한 것이며 해악적(害惡的) 요소인 것이다. 간혹가다가 듣기도 하고 지면에서 보기도 하는데 일등국민(一等國民)이라는 말은 본래 서구에 대한 열등의식에서 시작된 일본의 유치한 용어였었다. 나는 우리 국민들로부터 그 말을 들을 때마다 역겨워 견딜 수 없었다. 특히 공직에 있는 사람들이 일등 국민이라는 말을 입에 올릴 적에 나랏일이 걱정스럽기도 했었다……."

이상은 나의 졸저(拙著)『만리장성의 나라』에 쓰여진 한 부분으로서, 「한국인의 '통속민족주의'에 실망합니다」(《신동아》 1990년 8월호 게재) 제목하에 다나카 아키라[田中明] 씨가 쓴 글을 읽고 되새겨 본 것인데, 다나카 씨가 지적한 바 있는 요즘 한국인의 교만, 반일, 당당함, 자랑 늘어놓기, 자기과시적 경향, 이런 것들의 원인으로 GNP의 상승과 우리 민족문화의 일부가 처음으로 세계의 이목을 끌었던 올림픽을 꼽을 수 있을 것 같다.

그러나 GNP가 우리보다 월등한 졸부요, 경제적 동물이라는 국제적 비판이 있어 그런지, 올림픽의 성공 같은 것 역시 거론하고 싶지 않은 일본인들 공통심리 때문인지 언급이 없었고 기타 원인에 대해서도 그냥 지나가 버리고 말았다. 한국에 대하여 관심이 있어 쓴 글이라면 원인을 고찰하고 결과를 따져야 친절한 처사 아니겠는가. 결과만 가지고 왈가왈부하는 것으로 보아 다나카 씨는 일본으로서 못마땅하다는 생각 하나만 가지고 붓을 든 것 같다.

한일 간의 먼 거리 새삼 실감

사람 사는 동네에서는 나와 너의 사이에 어차피 거리는 있게 마련이지만 자성하는 우리와 비판하는 그들과의 거리는 실로 멀고도 먼 것, 새삼스러운 일은 아니나 깨닫게 한다.

몇 가지 사례를 들어가며―한국을 아낀다는 분위기를 깔아가며―비판하는 다나카 씨는 자신을 드러내지 않으려고 무척 애를 쓰고 있었다.

그러나 문면(文面) 도처에 알몸뚱이가 된 그 자신의 모습이 꿈틀거리고 있는 것이 괴이쩍고 좀 우스꽝스럽기도 했으며 일제시대 샅바 하나 끼고 일본도 휘두르며 아침 산보를 하던 일본인의 모습이 떠오르기도 했다.

어쨌거나 나는 그의 글을 읽고 유쾌해졌다.

처음에는 비논리적 사고방식에 어리둥절했고 이 정도를 지식인이라 하는가 싶었지만 한국인의 특성과 일본인의 특성을 극명하게 드러내놓은 것이 유쾌했던 것이다.

일본인의 침략성 상기돼

다나카 씨는 일본에 유학 온 각국 학생들의 예비 코스인 일어학교 교사로부터 들은 얘기부터 풀어냈다. 한국인이 싫다는 내용의 중국인 학생 작문에 관한 것인데 그 입김이 대단히 나약했다. 단적으로 표현하자면 "나는 너를 그렇게 생각지 않는데 아무개가 너를 싫어하더라" 투가 그랬다. 이것은 고자질이다.

'내가 싫다 하기는 좀 거북하고 아무개가 싫다더라 해야지.'

이것은 이간질인 동시 본인 모르게 하수인 꼴이 되고 만 중국 학생을 당황하게 하는 결과가 될 수도 있다. 상식적으론 교육을 받는 학생의 작문거리가 고작 누가 싫다 그 정도냐 미심쩍기도 했고, 간접으로 들었다는 얘기의 신빙성이 문제였다. 그러나 그런 일이 있을 수 없다 단정하기도 어려우니, 설사 틀림이 없는 사실이라 하더라도 은밀한 남의 말을 공개하면서까지 자신의 의사를 간접 표현하는 것은 점잖은 행위로 보기 어렵다.

그가 들었다는 또 하나의 얘기는 한국 학생이 "'한자(漢字)'는 원래 '한자(韓字)'입니다" 하며 교사에게 설교까지 했다는데 "도대체 어떤 교육을 받고 왔는지" 하며 교사가 한탄하더라는 것이다. 민망스러웠다.

왜냐하면 사실을 왜곡하고 진실을 엄폐한 역사 교과서로 교육을 받는 일본 학생들 생각을 했기 때문이다. 저의 나라 역사뿐만 아니라 의도적으로 우리의 고대사를 지우려 했고 우리의 역사를 축소 조작하여 오늘 현재 세계 각국 교과서 속에 우리의 역사가 처량한 몰골이 되어 있기 때문이다. 식민지 사관에 동조했던 무능한 기성세대로부터 교육받은 한국의 젊은이들, 그럼에도 불구하고 그들은 이지러진 구석 없이 자기 의견을 당당하게 개진한 것이 대견하고 그들 젊음이 싱그럽게 느껴졌다. 아마도 그의 주변에는 뼈대 있는 스승 선배가 있어 옳게 귀동냥을 했던 것 같다. 한자(漢字)를 한족(韓族)이 만들었다는 것은 허무맹랑하고 근거 없는 얘기는 아니다.

다음, 조총련의 한 사람이 남북을 비교 검토하고 결국 북한을 택했다는 데 대하여 다나카 씨가 비꼬아대는 구절을 보면, 취직할 때 기업을 선택하듯 조국을 선택하는 사고방식, 나라나 민족이 우수하기 때문에 사랑하는 것은 아니지 않은가, 일본에는 바보 아이일수록 귀엽다는 말이 있다 등등의 내용이 나오는데, 바보 아니라 악독해도 제 나라 제 민족을 사랑하는 것은 이해할 수 있다. 그러나 아이라느니 귀엽다느니 그런 표현은 생소하다. 어떤 경우에도 우리는 국가, 국토를 어버이로 어려워하기 때문에 농담으로라도 그런 비유는 할 수 없는 것이다.

우리는 우리의 강산으로 인하여 생존이 가능한 것이며 따라서 내 강산을 지켜야 하는 바로 그것이 민족주의인 것으로 알고 있다. 물론 다나카 씨가 무의식적으로 그 같은 말을 했으리라는 것은 안다. 그러나 마음에 걸리는 것은 일본이 무구(無垢)하지 않기 때문일 것이다. 땅에 인간이 종속된 것이 아닌, 인간에게 땅이 종속된 듯한 느낌은 아무리 무심히 한 말이라 하더라도 일본인의 잠재의식을 들여다본 듯, 그들의 호전성, 침략성을 상기하게 했다.

고난받는 사람 희롱하는 심사

그것은 그렇고, 조국의 선택 문제, 이것만은 분노 없이 생각할 수가 없다. 하나일 수밖에 없는 나라와 민족이 두 동강 났을 때, 어떤 이유 어떤 상황에서든 하나를 택할 수밖에 없는 것은 더 나아갈 수 없는 벼랑 끝에 우리가 서 있었다는 얘기가 된다. 그것은 우리 민족의 비극인 동시 현실이었던 것이다. 이념에 의해서든 연고 관계에 의해서든, 동강 날 때 남(南)에 있었고 북(北)에 있었다는 처지 때문이든 간에, 보다 정확하게 말한다면 어떤 힘에 의해 선택했다기보다 선택당하였다 하는 것이 옳다. 재일교포에 관해서도 외견상으론 선택의 자유가 있는 듯싶지만 여러 개 있는 기업 중에서 하나를 택하는 그따위 상황은 아니었다. 우리 민족 어느 누가 선택을 원하였겠는가.

어머니냐 아버지냐, 똑같은 두 개의 분신 선택은 그야말로 단말마의 고뇌였을 것이다. 못나서 귀엽고 우수해서 사랑하고, 그것은 다나카 씨의 말장난이지 진실이 아니다. 못났건 잘났건 부모는 부모요, 조국은 조국이라는 엄연한 사실 이외 무슨 설명이 필요한가. 아무리 타민족으로 자신은 그럴 필요도 없이 느긋하게 바라보는 구경꾼이라 하지만 다나카 씨의 심사에는 고난받는 사람을 희롱하는 잔인함이 가득 차 있다. 우리의 비극에 일본은 책임이 없는가. 근원적인 책임은 일본에 있지 않은가.

다음, 다나카 씨는 "일제 식민지 사관은 괘씸하다, 우리는 민족주의 사관에 입각한 역사서를 써야 한다, 하는 말을 자주 듣습니다. 옳다고 생각합니다" 하면서 다시 말을 잇기를 "그 주장의 성과의 하나로서 조선조 시대에 한국엔 벌써 자본주의의 맹아가 있었다는 논문이 나와 일본 학자가 세운 조선사회 정체론을 논파한 것으로 우리들도 많이 계발이 되었습니다”하였다. 그러나 다나카 씨의 계발이 되었다는 것은 빈말이었다. 다음 말로써 그의 속셈이 드러난다.

“다만 그것이 역사 연구의 레벨로 논의되는 동안은 좋았지만 통속민족주의의 레벨에 옮겨지면 정체론을 논파한 자본주의 맹아론은 일제에 대한 승리로 되고, 나아가서는 자본주의의 맹아가 있었던 사실 자체를 민족의 자랑처럼 말하는 사람까지 나타나고, 마치 전전(戰前)의 일본 학자의 소론(所論)을 타파한 것으로 자동적으로 한국사가 훌륭하게 된 듯한 어투……."

그러니까 다나카 씨는 역사 연구의 레벨을 떠나 대중화, 그의 말을 빌리자면 통속화되는 것이 싫다, 그 말인 것이다. 본심을 헤아려보면 결국 조선조 시대에 벌써 자본주의의 맹아가 있었다는 것, 일본 학자가 수립한 사회 정체론이 무너졌다는 것, 그 자체가 마음에 안 들었을 것이다. 물론 그의 소관이 아닌 줄은 알지만, 조선사회 정체론을 밀고 나가든지 자본주의 맹아가 있었다는 것의 반증을 제시하든지 아니면 인정을 하든지 해야 하는데, 이것도 저것도 안 되니까 다른 곳에 불을 지르면서 감정의 찌꺼기를 털어버리려는 것으로밖에 우리는 생각할 수가 없다.

어부는 어부의 말로 감정 표현을 하고 농부는 농부의 말로, 제각기 환경과 지적 수준에 따라 자기 견해를 표명한다.

하기는 우리 민족 전부가 겸손하고 고상하고 객관적이고 했으면 오죽 좋을까마는 그렇지 못하다 해서 함구령을 내릴 수는 없는 것이다. 그리고 역사적 사실은 학자의 독점물은 아니며 사람마다, 너 나 할 것 없이 역사에 동참해 온 것만큼 알 권리, 말할 권리는 있다. 설령 일부 지각없는 사람들이 우쭐해서 과잉 표현을 좀 했다 하자. 그들의 천진한 자랑 때문에 일본의 땅 한 치 손실을 보았는가, 금화(金貨) 한 닢이 없어졌는가, 왜 그렇게 못 견뎌 할까. 그 같은 자랑조차 피해로 받아들이는 그들이고 보면 우리 한국의 천문학적 물심양면의 피해는 어떻게 해야 하는가. 어안이 벙벙해진다.

왜 한국이 잘되는 것을 못 참나

"외래 이론을 신봉하고 그런 발전 과정을 제대로 밟은 사회만이 앞선 사회라는 가치관에 함몰한 모습이 보입니다. 그런 가치관을 믿으면 확실히 자본주의의 맹아가 있는 나라는 없는 나라보다 나을 것입니다. 그렇지만 그것이 자랑할 만한 일일까요. 이 가치관에 입각하는 한 자본주의 맹아의 나라는 자본주의 개화를 벌써 마친 나라보다 뒤진 나라가 되는 것이며 이런 논의는 후진성의 확인밖에 되지 않습니다. 또 이런 것을 자랑하는 사고방식은 아프리카의 신생국가처럼 자본주의의 맹아조차 없었던 나라는 전혀 뒤진 나라로서 멸시해도 좋다는 것이 됩니다."

나는 내 주변에서 자본주의의 맹아라는 말을 별로 들어본 적이 없고 지면상(紙面上)으로도 본 기억이 없다. 솔직히 말하여 나 자신도 모르고 있었던 일이었는데 어째서 남의 나라에서 그리 심각하게 논란이 되는가 이해가 안 된다. 아마 내가 무식해서 그런가 보다, 해서 문면(文面)을 샅샅이 훑어보노라니까 '앞선 나라' '뒤진 나라' '아프리카를 멸시한다' 따위의 말들을 한국인이 했다는 흔적은 없었다. 면식 없는 중국인 학생의 은밀한 말도 공개하는 터에 만일 한국인이 그런 말을 했다면 의당 그들이 그러더라 했을 것인데, 그러니까 그것은 모두 다나카 씨 자신의 생각이요, 말이었던 것이다. 내 마음에 있는 것을 남에게 투영하여 비난하는, 이것 역시 점잖지 못하고 떳떳한 것도 아니다. 아프리카를 끌어들이고 중국인을 앞세우고. 허약하다. 너무나 허약하다.

"이런 것을 자랑하는 현상이 생기는 것은 일본에 대하여 타격을 주기만 하면 족하다는 심리―타자에게 얽매이는 심리―에 빠져버렸기 때문이라고 생각됩니다. 통속민족주의는 일견 주체적인 풍모를 갖추고 있기 때문에 자타가 모두 착각하기 쉽습니다만 그 정체가 실은 심리학에서 말하는 샤덴프로이데라는 점을 부인하기는 어렵습니다."

거칠 것 없이 남의 팔다리 잘라놓고 뼈 마디마디 다 분질러놓고 제 자신의 새끼손가락에서 피 한 방울 흐르는 것을 보는 순간 새파랗게 질리면서 "아파! 아파!" 하고 울부짖는 형국이다. 맙소사, 이런 정도를 못 견디어 하는 증상의 원인은 대체 무엇일까.

생각건대, "한 시절 전만 해도 조선인은 우리 앞에 우마(牛馬)나 다름없는 존재 아니었나. 이제 와서 제법 사람 노릇 한다. 도저히 보아줄 수 없군." 그런 불쾌감도 있었겠지만 보다 근본적으로 우리에게서 문화를 조금씩 빌려 갔었던 무지하고 가난했던 왕사(往事, 지난 일)로 하여 사무쳐 있던 열등감 탓은 아닐까. 한국의 잘못된 점에 대해서는 신이 나서 발 벗고 나서서 떠들어대지만 좋은 것에 대해서는, 특히 문화 면에서는 애써 못 본 척 냉담하고 기분 나빠 하고 깔아뭉개려 하는 일본의 심사는 어제 그제의 일이 아니었다. 그 집요함을 도처에서, 사사건건 우리는 보아왔다.

식민지 시대 11년간을 서울에서 살았고 진짜 콜론(식민자)의 아들이었다고 말하는 다나카 씨는 그 시절에 대한 짙은 향수를 토로하고 있는데, 특히 독립운동가, 그 시대의 독립정신에 대해서는 감탄과 외경의 염(念)까지 느꼈다고 했는데, 일본 특유의 그런 감상은 상당히 메스껍다.

그는 말했다. 그 시절이 좋았다고, 그 시절의 민족정신은 고귀하고 긴장되고 아름다웠다고. 한데 지금은 뭐냐, 그렇게 그는 말하고 있다. 우리 스스로도 그 시절의 비극을 가슴 아프게 아름다운 것으로 회상한다. 그러나 그 시절을 그리워하고 돌아가고 싶은 것은 "천만의 말씀!" 그 시절로 돌아가지 않기 위해 우리는 현재 반일(反日)하는 것이며, 역사의 전철을 밟지 않기 위해 반일하는 것이며, 다나카 씨 같은 일본인이 있기 때문에 반일하는 것이다.

'청산하라'는 반일(反日)일 뿐

그의 말에 의할 것 같으면 과거는 거부하는 배일(排日)이었는데 지금은 끌어들이는 반일(反日)이라는 것이다.

"거부하는 반일의 시대를 호흡한 분들은 일제의 포악상을 말할 때도 금번과 같이 위세 등등하게 말하지는 않았다고 기억합니다. 그분들의 말에는 가슴이 터지는 듯한 원통함이나 생각하기조차 싫은 굴욕감이 창자가 비틀어질 듯이 얽혀 있었던 것입니다. 따라서 지각 있는 분들은 함부로 그런 말을 하지 않았습니다."

내가 감탄한 것은, 논리란 것은 이렇게 비틀어놓고 보아도 제법 그럴싸하구나 하는 것이었다. 그러나 거부하는 배일이 어찌해서 끌어들이는 반일이 되었는가, 그것은 간단히 설명이 된다.

내 강산 골짜기마다 일인(日人)들 없는 곳이 없고 총독에서 말단 주재소 순사까지 일인이 차지하여 주인 노릇을 하는데 진짜 주인인 우리 백성이 "나가라! 제발 나가다오!" 목이 쉬게 말한 그게 배일이다. 그들이 물러간 지금, 없는 상대를 향해 돈키호테도 아니겠고 빈 작대기 휘두를 바보가 어디 있겠는가. '끌어들이는 반일'에는 어폐가 있다. 아니 전적으로 모순이다.

옳게 표현하려면 '청산하라'는 반일이요, '빚을 갚아라, 손해를 배상하라'는 반일인 것이다. 그 말을 하기가 싫으니까 '끌어들인다'는 구차스러운 말을 다나카 씨는 찾아낸 것이다.

"지각 있는 사람은 함부로 그런 말 하지 않았다"는 말을 보자. 자가당착도 이 정도면…… 미안한 얘기지만 그가 팔푼이가 아니라면 그는 우리를 팔푼이로 보았는가. 이보시오, 지각이 있어서 함부로 말을 하지 않았다고요? 함부로 말을 했다면 목이 남아 있었을까? 하기는 우리 민족 전부가 지각이 있었지. 살아남기 위하여. 지금은 총독도 없고 말단 주재소의 순사도 없다. 우리를 겨누는 총칼도 없다. 그런데 어째서 우리는 입을 다물어야 하는가. 어째서 일본을 성토하면 안 되는가.

다나카 씨가 가장 말하고 싶어 했을 마지막 대목은 아마도 노태우 대통령 방일 시(訪日時)의 과거에 대한 사과 문제가 아닐까 싶다. 다나카 씨는 "도대체 마음의 문제를 외교 레벨에서의 사죄로써 풀 수 있었을까요" 했다. 결국 사죄는 무의미한 것이며 사죄의 필요성을 느끼지 않는다는 뜻으로 받아들이는데, 나 역시 사죄 따위는 무의미한 것으로 생각한다. 나는 그 무렵 "사죄 따위의 말은 필요 없다. 우리 민족이 흘린 피 값, 내 나라에서 약탈해 간 귀중한 것들을 내놔라 해야 해" 하고 말한 적이 있었다. 사죄의 문구 때문에 소설가까지 동원하며 법석을 피우는 일본을 한국 땅에 앉아서 바라본 나는 일종의 연민을 느꼈다. 참으로 가난한 나라로구나. 잘못을 사과할 용기조차 없는 그들, 진실을 인정하지 않으려는 그들. 사실 그까짓 사과라는 것도 그럴 필요가 있어 그러는 거지 그럴 필요가 없다면 사과라는 말 자체도 나오지 않았을 것이다.

'샤일록'같이 인색한 장사꾼이 주변의 형편 돌아가는 것을 살피며 저울 눈금 하나 올렸다 내렸다 하는 그깟 놈의 사과, 설사 "죽을죄를 졌습니다" 한들 무슨 의미가 있겠는가. 그런 면에서 한국 사람 참 느슨하고 어리석다.

"일본인에겐 예(禮)를 차리지 말라"

"식민지 지배의 문제에 대해서는 일본 측이 반론할 수 있는 여지는 전혀 없습니다. 따라서 이 문제에 관한 한 한국 사람은 안심(?)하고 마음껏 일본을 공박할 수 있습니다. 한국 측이 침략의 역사를 들고 일본을 규탄하고 일본 측은 오로지 사죄해 보인다는 관계는 금후에도 계속될 것입니다…… 그 과정에서 규탄의 소리는 점점 소구력(訴求力)·타격력을 잃어갈 것입니다. 왜냐하면 거기에는 거부하는 반일이 가졌던 긴장감이 없기 때문입니다."

다나카 씨는 한 가지만은 정직했다. '사죄해 보인다'는 말만은 대단히 정직하다. 그러니까 진정으로 사죄하는 게 아니라 하는 척해 보인다는 것인데 떠들든 말든 마음대로 하라, 언제인가는 제풀에 가라앉을 것이다. 그리고 '끌어들인다'는 말과 같이 엉뚱스럽게 '소구력'이라는 용어를 다나카 씨는 사용했다. 방자하고 양심이 없다. "용용 죽겠지. 나는 이 정도로밖엔 널 생각지 않으니까", 시비 거는 시정잡배나 하는 수작이다.

아직도 그는 식민지 시대의 지배자로 자신들을 착각하고

있는가. 사실은 문장의 행간마다 일본의 군국주의 시대가 희번덕이고 있었다. 하나 색다른 것은 다음과 같은 구절이다.

"타자의 눈에 비친 자기 모습에 구애된 나머지 타자에게서 떠날 수 없게 된 풍경을 저는 일본(인)에 대한 한국(인)의 자세에서 자주 봅니다."

다나카 씨는 확실하게 나르시시스트다. 고상하게 말해서 그렇다는 얘기다. 나는 젊은 사람에게 더러 충고를 한다.

"일본인에게는 예(禮)를 차리지 말라. 아첨하는 약자로 오해받기 쉽고 그러면 밟아버리려 든다. 일본인에게는 곰배상[16]을 차리지 말라. 그들에게는 곰배상이 없고 마음의 여유도 없고 상대의 성의를 받아들이기보다 자신의 힘을 상차림에서 저울질한다."

실은 너절한 다나카 씨 글에 대하여 귀중한 시간을 쪼개가며 반박 같은 것은 하고 싶지 않았다. 그러나 독자 중에 그의 글을 두고 날카롭게 썼다는 말들을 하는 사람이 있다기에 그냥 넘길 수가 없었다.

약간은 현혹되기 쉬운 부분이 있긴 있었다. 소위 감상적인 일본 특유의 수사 같은 것. 옛날 일제시대, 일본에 야나기 무네요시[柳宗悅]라는 사람이 있어서 조선의 역사는 사대주의지만 예술만은 사대주의가 아니라는, 무식하고도 망발인 말을 했는데 그 말을 느슨하고 어리석은 조선인이 더러 고마워

---

16 곰배상: 상다리 부러지게 차리는 상.

하곤 했었다. 하기는 그 서릿발 같은 세월에 예술만이라도 찬양해 주는 사람이 있었다는 것이 어디 보통인가. 다나카 씨의 경우도 독립투사, 독립정신을 치켜세워 주었으니, 물론 서릿발 같은 세상은 아니지만 하여간에 착각할 수도 있었을 것이다. 그러나 나는 어리석고 느슨한 내 겨레를 슬퍼하지는 않는다. 잃는 것이 있으면 얻는 것도 있을 것이기 때문이다. 저들도 얻는 것이 있으면 잃는 것도 있을 것이기 때문이다.

일본의 양심에 기대

자, 그러면 마지막으로 통속적 민족주의란 무엇이냐. 그 밖에도 다나카 씨는 늙은이답지 않게 간이(簡易) 프라이드 조성 운동이니 반일의 대중화 시대니 하고 매우 참신한 용어를 구사하고 있었는데 나도 억지 좀 써서 말하겠다.

그러면 '순수민족주의'는 무엇이냐. 현인신, 이 현인신은 약간 풍랑을 겪었는데, 패전 후 천조(踐祚)와 대상제(大嘗祭)가 헌법에도 없어지고 즉위식만 남아 천황도 인간이 되는구나 했었는데, 오는 10월 헌법에도 없는 대상제를 거행한다 하니 다시 천황은 현인신이 되는 셈이다.

그러니까 현인신에다 신국(神國), 신병(神兵), 이 삼위일체가 순수민족주의란 말인가. 특공대 가미카제호[神風號]가 자폭하고, 항복 아닌 자살을 강요하고 남의 땅 떡 먹듯 집어먹고 남의 백성 끌어다가 우마같이 부려먹고 숨도 끊어지기 전에 늑대 밥으로 내다 버리고…… 또 있다. 일본에서는 지금 지식인까지 히로시마의 원폭을 상기하라고 떠드는 모양인데 남경 30만 학살사건에는 입 싹 씻고 있는 것이다. 그게 순수민족주의인가.

얘기를 하다 보니 서글퍼진다. 왜 이따위 시시한 글을 읽어야 하고 나는 그것을 따져야 하는가 싶어서다.

다나카 씨는 그런 글을 쓰면 한국인이 납득하고 승복할 줄 알았는가. 원한만 깊어지지 무슨 소득이 있겠는가. 칭찬을 하든 성토를 하든 정당하고 공평해야 글을 쓰는 의의가 있다. 다나카 씨는 철 덜 든 사람처럼 경박한 언어 사용, 이치에 닿지도 않는 얘기, 사실 통속민족주의라고 명명은 했지만 용어에 대하여 뚜렷한 정의도 내리지 않고 있다. 정의를 내릴 성질의 것도 아니지만……

여하튼 괜찮다.

오늘은 반일의 대중화 시대다. 그러나 옛날, 수백 년 전부터 반일의 주체 세력은 대중이었다는 것을 상기해야 한다. 반일의 대중화는 말할 것도 없이 민족주의의 대중화다. 다나카 씨는 대중화를 통속적이라 표현했지만. 임진왜란 때 승려들이 무기를 들고 싸움터에 나갔다든가 부녀자가 앞치마에 돌을 담아 날랐다든가 그게 모두 치열한 민족주의 사상에서 나온 행위 이외에 아무것도 아니다.

몇 해 전의 일이다. 일본의 어느 잡지사 편집장이 내 집을 찾아온 일이 있었다. 그때 나는 다음과 같은 말을 한 것을 기억한다.

"일본을 이웃으로 둔 것은 우리 민족의 불운이었다. 일본이 이웃에 폐를 끼치는 한 우리는 민족주의자일 수밖에 없다. 피해를 주지 않을 때 비로소 우리는 민족을 떠나 인간으로서 인류로서 손을 잡을 것이며 민족주의도 필요 없게 된다."

나는 일본의 양심에 기대한다. 전쟁의 책임이 천황에게 있다 하여 테러를 당한 시장이라든가 왜곡된 자기 저술을 바로잡기 위해 재판을 건 학자라든가 다나카 씨와 함께 《신동아》에 글을 쓴 다카사키 소지[高崎宗司] 같은 분, 그 밖에도 진실을 말하는 여러 분이 계신 줄 안다. 옛날에도 그랬고 오늘도 그렇지만 그런 양심이 많아져야 진정한 평화를 일본은 누릴 수 있을 것이며 세계 평화에도 이바지하게 되는 것이 아닐까.

끝으로 "나앉은 거지가 도신세[17] 걱정한다"는 우리나라 속담이 있다. 이 얘기는 일본의 경우일 수도, 우리의 경우일 수도 있다.

---

17 도신세(都身勢): 우두머리의 처지.

부록

생명력 없는 일본 문화

《강원일보》 창간 49주년 특별인터뷰

자유스러워야 순수한 글도 쓰지요

타협보다 죽음 각오하며 『토지』 완간

지난 8월 15일 새벽 2시, 마침내 거대한 마침표를 찍은 대하소설 『토지』는 한국문학사의 테두리를 넘어 세계문학사의 소중한 자산이 됐다.

작가 박경리 씨가 『토지』에 바친 시간은 장장 25년. 43세에 집필을 시작, 어느덧 고희를 눈앞에 두게 되었다. 한 작가가 25년에 걸쳐 한 민족의 역사와 문화를 16권의 방대한 부피로 담아낸 유례가 여지껏 세계문학사에 없었다. 보통 사람이면 견딜 수 없었을 그 많은 세월의 긴장을 작가 박경리 씨는 '타협보다는 죽음을'이란 각오로 버티었다.

그 팽팽한 긴장이 채 식지 않은 10월 초, 작가 박경리 씨는 원주시 단구동 자택에서 취재진을 맞아들였다. 지난 80년 홀연히 원고지를 싸 들고 서울을 떠나 칩거한 원주시 단구동 자택은 완연한 가을 정취 속에 서 있었다. 마당에는 작가가 손

수 기른 개와 고양이 그리고 채소가 자라고 있었고 가을 햇볕이 이들 위로 따뜻하고도 풍요롭게 쏟아지고 있었다.

근황을 묻자 작가는 '마치 파도가 이는 것 같다'며 말문을 열었다.

"생활이 고여 있었는데 요즘은 마치 파도가 이는 것 같습니다.『토지』가 끝나면 편히 쉴 줄 알았는데 더욱 혼란스럽습니다."

의도적으로 철저하게 자신을 외부와 단절시켜 온 작가는 『토지』완간 이후 밀려온 각종 인터뷰 행사참여 요청을 힘겨워했다.

강원도 재산은 바로 자연

"밖에 나가면 날 의식하게 되고 그러면 자유스러워지지 못합니다. 글쓰기도 마찬가지지요. 그동안 인터뷰 요청을 해오면 '가서 내 욕 쓰라'고 하면서 돌려보냈습니다. 그러하지 않으면 순수한 글을 쓸 수 없기 때문에 배수의 진을 친 것이지요."

박씨는 작가는 세계적 차원에서 글을 쓰는 것이기 때문에 어느 하나에 매달리면 안 된다고 덧붙였다. 독자가 진정 훌륭한 글을 원한다면 작가에게 자유를 주어야 한다는 지적이었다.

작가가 원주에 정착한 지 15년여. 원주 토박이가 다 돼가는 그에게 강원도에 대한 생각, 느낌이 무엇인지 물어보았다.

"강원도에 대해 할 말이 많습니다. 가장 혜택받은 곳이 바로 강원도입니다. 환경문제가 갈수록 심해지는 이때에 강원도의 재산은 바로 자연입니다. 무엇이든 멀리 내다봐야 합니다. 나만 사는 게 아닙니다. 자손, 후손들도 생각해야 되지요. 그러나 다들 너무 당장의 눈앞만 내다보는 것 같아 안타깝습니다. 강원도에 올 때는 강원도가 한국의 마지막 보루라 생각했습니다. 자연을 지키는 게 곧 강원도의 자존심과 자부심을 지키는 것이라는 걸 다시 한번 생각해 주셨으면 좋겠어요."

박씨는 남들 다 해서 실패 본 뒤 다시 보존환원 추세로 가고 있는데 왜 우리가 뒤늦게 전철을 밟아야 되느냐고 안타까워했다.

"과학문명이라는 게 삶의 질을 높이는 게 아니라 오히려 삶의 터전을 파괴하고 있습니다. 지금은 물 한 모금 제대로 먹지 못하고 신선한 닭 한 마리 먹지 못합니다. 얼마나 아이러니예요."

작가는 현대문명과 자각 없는 개발에 대해 비판의 강도를 높였다.

"불필요한 것은 많아도 정작 필요한 것은 없습니다. 요즘 문명이 거의 그런 지경입니다. 불필요한 것은 없어도 살 수 있어야 합니다."

박씨는 어느덧 생명론으로 말을 옮겨가고 있었다. 자연보호와 자각 없는 개발에 대한 강도 높은 비판도 이 생명론에 기초하고 있었다.

"삶의 터전 없이 생명유지가 안 됩니다. 모든 생물 중 사람만이 유독 이기적입니다.

모든 존재는 다 존재 값어치가 있고 태어날 이유도 있습니다. 생명의 평등함을 보아야 합니다.

우리의 화랑도와 동학은 샤머니즘의 재래입니다. 전부 생명사상과 통하지요. 반면 서양은 인간 위주의 평등이지 생명의 평등은 아닙니다. 인간을 위한다고 자연에 도전했습니다. 남은 게 무엇입니까. 오존층이 뚫리고 남극으로 자원을 구하러 가는 시대를 맞고 있지 않습니까."

골프장 짓는 데 절대 반대

작가는 생명사상은 구체적 구상이 아니라 구상 속에 내포돼 있는 영성이 핵이라며 삼라만상에 모두 영성이 있다는 사실을 깨닫자고 강조했다.

"골프장을 보세요. 저는 골프장 짓는 것이 매국행위라고 말합니다. 생명보존 위해 골프를 안 칠 수도 있지 않겠어요. 이 좁은 땅에서 굳이 골프를 칠 이유가 어디 있습니까. 저는 특히 강원도에 골프장 짓는 거 절대 반대합니다. 기골이 좋은 도지사가 와서 꽉 막았으면 좋겠어요. 그 사람은 나중에 반드시 이름이 남을 거예요."

작가의 생명론은 끝이 없었다. 특히 식량이 무기가 되는 시대가 곧 도래하는 만큼 무공해 식품 생산에 국가와 기업이 노력해야 한다고 강조했다.

작가는 생명론을 일부러 한 게 아니라 자연스럽게 터득한 것이라며 모든 게 눈에 보인다고 덧붙였다.

"지금 저희 집 앞마당 잔디밭에도 무수한 생명들이 살아 있습니다. 참으로 생명은 외경스럽지요.

저는 지금까지 풀잎 하나 함부로 버리지 않았습니다. 한 해 지나면 자연스럽게 부엽초가 됩니다. 약도 한 번 치지 않았습니다. 처음에는 실망했지만 몇 년 지나니까 수확이 무지무지합니다."

박씨는 어디 가더라도 흙은 가져갈 것이라며 자신의 애정과 생명론이 그대로 살아 있는 흙에 강한 애착을 보였다. 질문은 자연스럽게 『토지』란 제목으로 건너갔다.

"『토지』는 자연스럽게 인간을 연상시킵니다. 사유재산 문서를 연상시키지요. 토지는 인간이 있다는 점에서 흙만 있는 대지와 다릅니다.

저는 『토지』를 역사의 시작으로 보고 제목을 붙였습니다. 어떤 평론가는 『토지』에는 왜 농부가 주인공으로 나오지 않느냐고 물었습니다. 저는 전 인류적인 삶을 다루었기 때문에 주인공이 따로 없다고 했습니다. 『토지』에서는 모두가 주인공입니다. 나무나 돌도 제 역할 합니다. 저는 바람과 물에도 다 필연성을 부여했습니다."

박씨는 생명론뿐 아니라 우리 시대 가장 탁월하고 냉철한 일본 비판론으로도 유명하다. 묘하게도 작가가 『토지』를 끝낸 시간과 소설 속의 시간이 멈춘 곳이 8월 15일 광복일에 일치했다.

"저는 과거에 원한을 갖고 일본을 비판하는 것은 아닙니다. 다만 일본이 인류에게 어떤 의미가 있는가 묻고 있는 것이지요. 저는 일본의 민족성을 얘기해서는 안 된다고 생각합니다. 일본인 스스로도 희생자에 불과합니다. 문제는 체제입니다. 체제가 뭐냐를 물어야지요."

박씨는 엄격히 말해 일본의 문화는 문화가 아니라고 말했다. 문화는 삶을 위한 것인데 일본의 문화는 그것이 칼로부터 시작됐다는 데 문제가 있다는 지적이었다.

"죽임의 문화는 있을 수 없습니다. 문화는 살림의 문화가 본질입니다. 이번에 아시안게임을 보세요. 개막식의 그 모습이 얼마나 가난하게 보입니까. 우리 올림픽에는 비할 바가 못되지요. 문화적 틀이 없으니까 그런 겁니다. 틀이 있어야 변화가 올 수 있습니다. 반면 우리는 생명이 있습니다. 문화에 역동성이 있지요. 샤머니즘이 여기에 있습니다."

작가는 우리의 샤머니즘은 내세에까지 교신하려고 하는 열렬한 소망이라며 모든 게 공리적이고 유물론적인 일본은 그게 없다고 비판했다.

일본 문화엔 철학 없어

"일본의 이런 사고는 20세기 과학만능시대와 잘 맞아떨어졌습니다. 하지만 일본은 본과 틀이 없기 때문에 허위 속에 있습니다. 우리의 샤머니즘은 사람이 신이라고 생각하지 않습니다. 노력할 뿐이지요. 그러나 일본은 사람이 신이라고 생각합니다. 강자니 세계중추국이니 우상이니 하는 것은 모두 이러한 사고 때문에 생겨난 것입니다."

작가는 최근 국내에서 잇따라 터진 각종 사고에 대해서도 우려했다. 작가는 이 모든 게 물질만능에서 오는 것이라며 결국 이들은 영성을 믿지 않아서 생겨난 것이라고 했다.

"영성이 없으면 부패합니다. 살아 있는 순간의 쾌락만 꼽지요. 지구가 떠 있는 데 원심력과 구심력이 필요하고 사람이 태어났는데 죽게 되는 것은 존재가 항상 모순 속에 있다는 것을 보여줍니다. 이 자연의 질서를 보아야 합니다. 한쪽에 쏠리면 반드시 부딪히게 됩니다."

작가는 이데올로기에 대해서도 비판적이었다.

"공산주의와 자본주의의 근간은 같습니다. 운영 방법이 다를 뿐이지요. 두 가지 모두 운명은 같습니다. 똑같이 벽에 부딪혔습니다. 지구는 공해 때문에 멸망 직전입니다. 두 가지 모두 공범자예요. 이제는 궤도를 수정해야 합니다. 자본이니 공산주의니 떠드는 것은 모두 구시대적입니다. 어떻게 살아남을 것인가를 모두가 고민해야 합니다. 그렇지 않으면 탁상공론에 불과합니다."

내년부터 본격적인 모습을 드러낼 지방자치에 대해서도 박씨의 논리는 분명했다.

"단위가 적어지면 시민의식을 보다 잘 볼 수 있습니다. 지금은 각 지방이 제멋대로 놀고 있어요. 앞으로는 지방민의 감시 능력이 중요합니다. 그러려면 의식이 높아져야겠죠. 당연히 문화가 높아져야 의식이 높아집니다. 공해를 막고 환경을 보존하기 위해서도 지방자치는 뿌리내려야 합니다. 바로 눈앞의 것을 감시할 수 있게 됩니다."

박씨는 《강원일보》 창간 49주년을 맞아 지역언론이 해나갈 역할이 무엇인지 짚어달라고 하자 지역언론이 제대로 못한 게 많다는 질책부터 했다.

"야합해서는 안 됩니다. 돈 있는 사람이 자기 사업에 언론을 이용해서도 안 됩니다. 지자제가 뿌리내리면 시민의식이 높아지고 그러면 예전처럼 안 됩니다. 특히 문화와 환경문제에서 논리가 있어야 합니다."

6·25전쟁 중 남편이 행방불명돼 딸 김영주 씨를 홀로 키우며 살아온 작가는 암과의 투병, 사위 김지하(金芝河) 씨의 옥고 등 숱한 세월의 질곡을 건너 우리 시대의 거목으로 우뚝 섰다. 그의 말 한 마디 한 마디는 모진 바람에도 끄떡없을 무게가 실려 있었다.

"앞으로는 실제적인 이론이 서는 일본론을 집필할 예정입니다. 우리 세대 지나면 쓸 사람이 없을 것 같다는 생각 때문입니다. 두 번 입 못 떼게 철저하게 조사해 쓸 겁니다. 어중간하게 칼 뽑지는 않을 겁니다."

박씨는 이와 함께 연세대 원주캠퍼스의 대학원생들을 대상으로 좋은 아이들을 기르고 싶다고 했다.

"학부생보다 적은 만큼 집에 데려와 가르칠 수 있을 것 같아요. 젊은 애를 기르고 싶은 욕심이 생깁니다. 또 그것이 의무라는 생각도 듭니다."

글·이홍섭(李弘燮) 기자

출처

박경리, 「신들이 사는 나라」, 《한국일보》, 1996년 4월 18일 자

박경리, 「진실의 상자를 못 여는 일본」, 《동아일보》, 1995년 9월 24일 자

박경리, 「美의 관점」, 《월간 현대문학》, 1994년 3월호

박경리, 「다시 Q씨에게 ― 망상의 끝」, 《월간 현대문학》, 2000년 3월호

다나카 아키라, 「한국인의 '통속민족주의'에 실망합니다」, 《신동아》, 1990년 8월호

박경리, 「일본인은 한국인에게 충고할 자격이 없다」, 《신동아》, 1990년 9월호

이홍섭, 「생명력 없는 일본 문화」, 《강원일보》, 1994년 10월 23일 자

일본산고

초판 1쇄 발행 2023년 5월 2일
초판 2쇄 발행 2023년 6월 12일

지은이 박경리
펴낸이 김선식

경영총괄이사 김은영
콘텐츠사업2본부장 박현미
책임편집 임소정 **디자인** 정명희 **책임마케터** 문서희
콘텐츠사업6팀장 임경섭 **콘텐츠사업6팀** 한나래, 임고운, 임소정, 정명희
편집관리팀 조세현, 백설희 **저작권팀** 한승빈, 이슬
마케팅본부장 권장규 **마케팅4팀** 박태준, 문서희
미디어홍보본부장 정명찬
브랜드관리팀 안지혜, 오수미 **크리에이티브팀** 임유나, 박지수, 변승주, 김화정
뉴미디어팀 김민정, 이지은, 홍수경, 서가을
지식교양팀 이수인, 염아라, 김혜원, 석찬미, 백지은
디자인파트 김은지, 이소영 **유튜브파트** 송현석, 박장미
재무관리팀 하미선, 윤이경, 김재경, 안혜선, 이보람
인사총무팀 강미숙, 김혜진, 지석배, 박예찬, 황종원
제작관리팀 이소현, 최완규, 이지우, 김소영, 김진경, 양지환
물류관리팀 김형기, 김선진, 한유현, 전태환, 전태연, 양문현, 최창우

펴낸곳 다산북스 **출판등록** 2005년 12월 23일 제313-2005-00277호
주소 경기도 파주시 회동길 490
전화 02-704-1724 **팩스** 02-703-2219
이메일 dasanbooks@dasanbooks.com
홈페이지 www.dasan.group **블로그** blog.naver.com/dasan_books
용지 신승지류유통 **인쇄** 한영문화사 **코팅 및 후가공** 평창피앤지 **제본** 국일문화사

ISBN 979-11-306-9939-4 (03810)